दीर्घतपा

[उपन्यास]

दीर्घतपा

फणीश्वरनाथ रेणु

राजकमल प्रकाशन

ISBN : 978-81-267-1478-0

मूल्य : ₹ 595

पहला संस्करण : 2008
चौथा संस्करण : 2024

प्रकाशक : राजकमल प्रकाशन प्रा.लि.
1-बी, नेताजी सुभाष मार्ग, दरियागंज
नई दिल्ली-110 002
शाखाएँ : अशोक राजपथ, साइंस कॉलेज के सामने, पटना-800 006
पहली मंज़िल, दरबारी बिल्डिंग, महात्मा गांधी मार्ग, प्रयागराज-211 001
1, अनमोल सोराबजी संतुक लेन, धोबी तलाव, मरीन लाइंस, मुम्बई-400 002
वेबसाइट : www.rajkamalprakashan.com
ई-मेल : info@rajkamalprakashan.com

मुद्रक : बी.के. ऑफसेट
नवीन शाहदरा दिल्ली-110 032

DEERGHATAPA
Novel by Phanishwarnath Renu

“अजीत भाई...अतीत भाईजी-ई-ई...!”

अबुल हसन लेन की अँधेरी दरगल्ली में रात के दस बजे एक नारी-कंठ की पुकार सुनकर हठात् रुक जाना पड़ा। पुकारनेवाली रिक्शा से उतरी और सामने आकर चुपचाप मुस्कुराती खड़ी रही–“पहचानिए तो ?” फिर मेरे चेहरे पर उड़नेवाली हवाइयों को भाँपकर हँस पड़ी–“आप तो इस तरह डर गए मानो किसी ‘डाकिन-पिशाचिन’ ने घेर लिया हो !”

“अरे, रामरति...तुम ?”

“फिर से देख लीजिए, गौर कर। यह देखिए, मेरे पाँव सीधे ही हैं।” रामरति ने हँसते-हँसते, बारी-बारी से अपने दोनों पैरों पर ‘पेन टॉर्च’ की रोशनी डालकर दिखलाया।

समझने में देर नहीं लगी कि रामरति किस फिल्म की डायलॉग बोल रही है। अतः मैंने उसके पाँव देखकर गम्भीरतापूर्वक कहा–

"इस्स !"

वह खिलखिलाकर हँस पड़ी।

"कब लौटी ? मतलब, कब रिहा हुई... ?" मैंने ही पूछा।

मेरा सवाल पूरा नहीं हो पाया, रामरति बीच में ही मेरी बात को काटती हुई बोली–"आज अपनी बात बताइए कि इस छोड़ी हुई नगरी में आप कब लौटे ? हमें तो पाँच साल की ही सजा हुई थी। आप दस वर्षों के बाद दिखलाई पड़े हैं।"

"तुम्हारी बेला दीदी ?"

मैंने लक्ष्य किया, रामरति मेरे प्रश्न से तनिक अप्रतिभ हुई। किन्तु तुरन्त ही सहज हो गई–"मेरी बेला दीदी ! अर्थात् आपके उपन्यास को असफल बनानेवाली आपकी ही प्रधान नायिका ?"

रामरति के इस संवाद ने मुझे हैरत में डाल दिया। मैंने पूछा–"तुम उपन्यास की बात कैसे समझने लगीं ?"

"जेल में, चक्की पीसने के बदले मुझे पढ़ने का 'कमान' मिला था। और, पाँच साल में बेला दीदी इस मिट्टी के गागर में जितना-सा सागर भर सकी...।" रामरति अपनी काया की ओर 'सधुक्कड़ी' मुद्रा में संकेत करती बोली।

मैंने अब हथियार डाल दिया।

...दस वर्षों के अन्तराल में क्या नहीं हो सकता है ? इसमें अचरज की क्या बात ? रामरति ने पढ़ना-लिखना सीखकर कहानियों और उपन्यासों पर बहस करने की हैसियत हासिल कर ली है...अचरज की बात नहीं।

अँधेरी दरगल्ली में रामरति की मुस्कुराहट रह-रहकर बिजली की तरह कौंध जाती।

"आप किदवईपुरी जाइएगा न ? आइए, बुद्धमूर्ति के पास उतर जाइएगा।" रामरति ने कहा।

मुझे लगा, रामरति ने मुझे चिढ़ाने के लिए, शायद मुझे तौलने के लिए अथवा सिर्फ चुहल के लिए यह प्रस्ताव किया था। यद्यपि लोहियानगर में मुझे एक मित्र से मिलना था, मैंने रामरति के प्रस्ताव

को स्वीकार कर लिया।

"तो मेरी प्रधान नायिका कहाँ है ?" मैंने रिक्शा पर बैठते ही पूछा।

"इससे पहले कभी कहीं पूछताछ नहीं की ?"

सचमुच, पहली बार पूछताछ कर रहा था। मैंने हकलाते हुए अपनी सफाई देने की चेष्टा की–"असल में, मैं इस शहर को छोड़कर एक अर्से तक बाहर रहा–इलाहाबाद, बम्बई, कलकत्ता और फिर गाँव..."

"लेकिन पिछले तीन साल से तो आप लगातार इसी शहर में हैं और हम लोग चार वर्ष तीन महीने के बाद यानी जेल से रिहा होने के बाद से बराबर यहीं हैं।"

मैंने बात को टालने की कोशिश की–"तुम तो एकदम बदल गई हो रामरति !"

वह फिर हँसी–"बदल गई हूँ ? बदलकर एकदम आपकी हीराबाई जैसी हो गई हूँ क्या ? हा-हा-हा... !"

मैं अपनी हँसी को जब्त नहीं रख सका।

वह बोली–"कहाँ बदली हूँ ! जैसी-की-तैसी हूँ–काली-कलूटी। आपने लिखा था न..."

"नहीं, मुझे याद है कि मैंने तुमको कभी काली-कलूटी नहीं लिखा। साँवली- सलोनी...।"

"एक ही बात है। आपने लिखा था–रामरति हमेशा खरी बात बोलती है, किसी को भली लगे या बुरी। लेकिन उसे शराबी का बहुत डर है..."

"घबराओ मत, मैंने छोड़ रखी है।"

"मुझे पता है, वरना रात के वक्त क्या, कभी दिन में भी आपके पास रिक्शा में बैठने की हिम्मत नहीं करती।"

"लेकिन तुमने कैसे जाना... ?"

"देखिए अजीत भाई ! कहने को आपको भाईजी कहती हूँ, लेकिन हमें कहना चाहिए–सिरजनहारजी, पिताजी। अपने स्रष्टा को

हम कैसे भूल सकते हैं ?"

"किन्तु बेला गुप्त ने मुझे छला है...।"

"सुनिए अजीत भाई ! मैं जानती हूँ, 'खगड़ा-मंजिल' से लेकर किशनगंज, फिर पेशावर के प्रसिद्ध होटल का चक्कर लगा आए थे। आपके ही शब्दों में, आपने उसी 'दीपकली' के प्रकाश में बैठकर बड़ी-बड़ी आशाएँ पाल रखी थीं। लेकिन खिली दीपकली बेला गुप्त अचानक बुझ गई, आप निराश हो गए और आपका उपन्यास असफल हो गया। यही है न आपका अभियोग ? किन्तु बेला गुप्त बुझ नहीं गई है। अगर वह दीपकली थी तो आज उसकी निष्कम्प लौ आँधी-तूफान में निर्भय चित्त..."

मैंने टोका—"तुम लिखती भी हो ? मतलब, कविता-कहानी... ?"

रामरति बोली—"आप जो चाहें बना दें। मगर आपने अब तक जो कुछ भी बनाया है, मैं उसकी बात कर रही हूँ। बेला दीदी ने आपके उपन्यास को अप्रत्याशित ढंग से असफल नहीं बनाया। आप कहानी पूरी होने तक सब्र नहीं कर सके—यह मेरी राय है, आपकी प्रधान नायिका बेला गुप्त की नहीं।"

"उसकी राय क्या है ?"

"वह आप स्वयं जाकर क्यों नहीं जान लेते ? मैं इससे ज्यादा नहीं बताऊँगी कि बेला दीदी इसी शहर की बेली रोड के 'नूक' नाम के बँगले में रहती है।"

बुद्धमूर्ति के पास अचानक रिक्शाचालक ने रिक्शा रोक दिया। मैंने पूछा—"तुम अब उसके साथ नहीं रहतीं ?"

"अजीत भाईजी, मुझे जिसके साथ रहना चाहिए, रह रही हूँ।"

"अर्थात् तुम्हारे पतिदेव ने भी शराब छोड़ दी... ?" मैंने रिक्शा से नीचे उतरते हुए पूछा।

रामरति इस तरह ठठाकर हँस पड़ी कि मैं डर गया। रात के ग्यारह बजे, बुद्धमूर्ति के पास किसी औरत का इस तरह ठठाकर हँसना !

"मेरी माँ—मुनिया—मरी नहीं है, लेकिन आपने उसके बारे में

कुछ नहीं पूछा।''

''अरे, मैं तो भूल ही गया। कैसी है तुम्हारी माँ ?''

''मैंने कहा न, मरी नहीं है। आप पहले अपनी प्रधान नायिका की सुधि तो लीजिए, फिर सुखमय घोष से लेकर तारा, कुन्ती... ।''

मैं डरा, रामरति फिर अस्वाभाविक ढंग से हँस न पड़े। मेरे हाथ स्वयं जुड़ गए, जिसका एक अर्थ विदा-सम्भाषण और दूसरा मतलब क्षमा-निवेदन भी था। रिक्शाचालक ने पैडिल पर पाँव रखा। रामरति ने रोक दिया—''एक मिनट रुको !''

वह मेरे करीब आ गई और मुझसे सटकर बोली—''बेला दी ने आपको चरण छूकर नमस्कार किया था। मुझे आपकी चरणधूलि की कतई जरूरत नहीं थी, लेकिन आपने हम पर अभियोग लगाकर जिस अवस्था में छोड़ दिया है, उसके निस्तार के लिए आपके पैर पकड़कर प्रार्थना भी कर सकती हूँ—दुहाई ! हमें इस कैदखाने से निकालिए आप। कलंक-मुक्त कीजिए हमें। दुनिया हमें हमेशा गालियाँ देती रहेगी कि हमने मिल-जुलकर आपके उपन्यास को असफल किया है।''

रामरति सचमुच मेरे पैर पकड़कर इस तरह बैठ गई, जैसे मेले में आई हुई कोई 'बहुरिया' अपने बाप से मिलते ही पैर पकड़कर बैठ जाती है और रोने लगती है। मुझे लगा, रामरति भी सुर में गा-गाकर उसी तरह रो पड़ेगी। मैंने कहा—''ठीक है।...वचन देता हूँ !...कसम खाता हूँ। तीसरी नहीं, चौथी ! अब उठो... ।''

''नहीं, मैं 'तिरिया-चलित्तर' का खेला नहीं कर रही। जो कुछ भी कह रही हूँ, बहुत दर्द से कह रही हूँ।''

रामरति चली गई तो बहुत देर तक मैं बुद्धमूर्ति के पास खड़ा होकर सोचता रहा, 'डाकिन-पिशाचिन' नहीं, यह मेरी ही रची हुई रामरति थी।

डेरे पर लौटकर मैंने अनुभव किया, मेरा मन बहुत अशान्त है। मन के किसी कोने में रामरति की प्रार्थना बार-बार गूँजती रही—'हमें कलंक-मुक्त कीजिए !'

अन्ततः रात के तीसरे पहर मैंने ढूँढ़कर एक पुरानी फाइल निकाली और 'स्टेट बनाम बेला गुप्त वगैरह' वाले मामले की पूरी 'केस हिस्ट्री' का अध्ययन करता रहा। मन के पर्दे पर दस साल पहले की घटनाएँ उभरने लगीं, 'फ्लैश बैक'...गणपत सिंह लेन स्थित 'खगड़ा-मंजिल' उर्फ 'वर्किंग-विमेन्स होस्टल'... !!

वर्किंग-विमेन्स होस्टल का फाटक ग्यारह बजे रात में अस्वाभाविक ढंग से ढनढना उठा।...नहीं, जानवर नहीं, कोई आदमी ही फाटक पीट रहा है—ढन-ढन, ढन-ढन... !

गली की स्वान-मंडली ने एक स्वर से इस हरकत का विरोध किया। तब फाटक पर रुकी स्टेशन-वैगन का एक हॉर्न बजने लगा। कुत्ते और भी झुँझलाए।

"खो-लो-ओ-ओ !" फाटक पीटनेवाले की फटी हुई आवाज कुत्तों के कलरव में डूब-डूब जाती थी और अन्तर से आता हुआ पतला जवाब फाटक की ढनढनाहट में जाने कहाँ खो जाता—'के-है-ए-ए ?'

...खो-लो-ओ-ओ ! ढन-ढन-ढन-ढन ! कें-कें-कें-कें ! भौं-भैं ! के-है-ए-ए ?—कई मिनटों तक इसी ताल पर सबकुछ होता रहा।

बूढ़ी मुनिया दाई ने फाटक खोलकर पूछा—"के है एत्ती बेर ?"

मुनिया ने बड़ी मेम साहब के ड्राइवर का चेहरा देखा और चिहुँक पड़ीं—एं ? इसके बाद गाड़ी से उतरती हुई बड़ी मेम साहब को देख उसकी धुकधुकी तेज हो गई, कलेजे की।...

कलेजा धुकधुका देनेवाली ही बात है। बड़ी मेम साहब ने मुनिया का सलाम नहीं कबूल किया। अहाते के अन्दर पैर रखते ही लगा, बड़ी मेम अब धरती पर पैर नहीं रखेगी—क्यों री बुड्ढी !

क्या समझ लिया है ? हराम का पैसा खाती है और शाम को ही सो जाती है ? ठहरो, सबको, एक-एक कर खलास करवाती हूँ। तुम्हारी बेटी कहाँ है ? चलो, बेला मिस साहेब को जगाओ—नहीं, पहले औफिस खोलो। रोशनी जलाओ।...सबको खलास करवाती हूँ—देखना।

बूढ़िया मुनिया अँधेरे में दौड़कर चलने लगी और किसी चीज से टकराकर गिरी। बड़ी मेम ने झिड़की दी—"अन्धी है क्या तू ?"

मुनिया दफ्तर के बरामदे में आ गई। लेकिन बड़ी मेम साहब अँधेरे में ही बेला मेम साहब के क्वार्टर की ओर बढ़ गई। मुनिया की आँखों के आगे सैकड़ों जुगनू उड़ने लगे। क्या हुआ है बड़ी मेम साहब को ? गुस्से से 'जल-जल' क्यों कर रही है ?

किन्तु बेला मेम साहब के बरामदे में सोई हुई बूढ़ी मुनिया की जवान बेटी रामरति ने बड़ी मेम को देखते ही सबकुछ भाँप लिया। वह 'कपटखाँसी' खाँसती हुई उठी। सलाम करने का मौका भी तो मिले।...बज्जता ! नमकहराम सब। क्यों रे, तुम माँ-बेटी ने क्या समझ लिया ? बाप की जमींदारी है ? हराम का पैसा खाती है और शाम को ही सो जाती है ? ठहरो, सबको खलास करवाती हूँ। ...और कहाँ है तुम्हारी मेम साहब ? बुलाओ !

मिस बेला गुप्त बिना बुलाए ही बाहर आ गई—नमस्...

सुनो बेला, मैं तुमसे साफ-साफ पूछने आई हूँ कि तुम क्या चाहती हो। अभी जानना चाहती हूँ—अभी-ई-ई। समझीं ?

बड़ी मेम अर्थात् श्रीमती ज्योत्स्ना आनन्द एक-एक शब्द को चुभलाती हुई बोलो-बोले न क्कुमारी बेल्ला रान्नी गुप्ता ! तुम विमेन्स वेलफेयर बोर्ड की सेक्रेटरी होना चाहती हो ?

—ज्योति दी...।

बेला गुप्त इसके आगे कुछ नहीं बोल सकी। श्रीमती ज्योत्स्ना आनन्द तड़प उठी—मैं किसी की दीदी या मौसी नहीं। आई हेट !...मैं पूछने आई हूँ कि अब तुमसे हुक्म लेकर काम करना पड़ेगा ? मैं तुम्हारी नौकरानी हूँ ?

रामरति बरामदे में कुर्सी रख गई। ज्योत्स्ना आनन्द ने कुर्सी को खींचकर एक ओर कर दिया—खड़-र-र-र !!

होस्टल के कमरों की रोशनी एक-एक कर जलने लगी।

मिस बेला गुप्त को हँसी आ गई।...क्यों क्कुमारी बेल्ला रानी? ऐसी भीषण मुखमुद्रा?

वह बोली—जी, नौकरानी हम हैं। कहिए, हमसे क्या गलती हुई?

—बड़ी भोली बनी है! गलती क्या हुई, पूछती है! बच्ची बनती है! मैं पूछती हूँ कि मेरा घर क्या है? बोलो, क्या है मेरा घर? शराबियों और जुआड़ियों का अड्डा?

—किसने कहा है आपके घर को शराबियों का अड्डा...?

—किसने कहा है? तुमने कहा है और तुम्हारी इस महारानी नौकरानी ने कहा है।...क्यों री रामरतिया! तुम्हारी जीभ बहुत लम्बी हो गई है? ठहरो, सबको खलास करती हूँ।

श्रीमती आनन्द दाँत पीसने लगीं।

बेला गुप्त ने कहा—देखिए, ज्योत्स्नादि...।

—फिर ज्योत्स्नादि?

बेला गम्भीर हो गई। बोली—एक वर्ष की आदत अभी...इतनी जल्दी कैसे छूटेगी?

—मैं जानना चाहती हूँ!—श्रीमती आनन्द पर रह-रहकर गुस्से का दौरा आता है मानो—जवाब दो, अंजू-मंजू को मेरी कोठी पर आने की छुट्टी तुमने क्यों नहीं दी? गाड़ी क्यों लौट गई वापस?

बेला गुप्त ने जवाब दिया—सेक्रेटरी साहिब, मुझे क्षमा करें—मैं होस्टल के नियम के विरुद्ध कोई छुट्टी नहीं दे सकती किसी को। आप नियम में संशोधन कर दीजिए। फिर जिसको जब कहिए, छुट्टी दे दूँगी।...और आप क्लर्क को, अंजू-मंजू के पास दिन में पाँच बार इस तरह न भेजा करें तो अच्छा...।

श्रीमती आनन्द ने बेला गुप्त को इस तरह देखा मानो अभी निगल जाएँगी—बड़ी नियमवाली बनी है! तुम कोई

नियम नहीं तोड़ती ?

—नहीं।

—नहीं ? तुम रात में देर तक शहर में चक्कर नहीं मारती हो ?

इस प्रश्न पर रामरति ने दाँत-पर-दाँत बैठाकर सिहरने की मुद्रा बनाई; अर्थात् झूठ की भी सीमा होती है।

बेला ने लम्बी साँस लेकर कहा—मुझे शहर में चक्कर लगाने की छुट्टी कहाँ ?

—मिल जाएगी छुट्टी, घबराओ नहीं। तुम होस्टल की दाइयों से अपना काम क्यों करवाती हो ? मिल्क-सेंटर के चूल्हे पर तुम्हारा खाना नहीं पकता है ? बोलो ! ये दोनों माँ-बेटी तुम्हारी दाई-बाँदी नहीं—सरकारी दाई हैं—समझी ?

इस बार बेला गुप्त चुप हो गई। किन्तु बोली बढ़कर रामरति—ईह, बाप रे बाप ! एतना अन्याई बात ? दूधवाले चूल्हे पर तो मेम साहब की चाय की केतली भी नहीं चढ़ती है कभी। हः-हः एतना अँधेर...?

—तू चुप रह बज्जात ! मुँह लगती है ! जबान लड़ाती है मुँह पर ! ठीक है, सबको खलास करती हूँ।

रामरति बोली—जरूर बर्खास कीजिए। गलती करेंगे तो एक बार नहीं, एक सौ बार बर्खास कीजिए, मगर किसी की देह पर झूठा अकलंग...।

बेला गुप्त ने कहा—रामरति ! बक-बक मत कर।

बेला गुप्त अपने कमरे में चली गई...होस्टल ही नहीं, पास की गली में भी लोग जग गए हैं। श्रीमती आनन्द के स्वर के चढ़ाव-उतार पर कुत्ते भूँकते और चुप होते हैं। जब वह रामरति को डाँटती और धमकाती हैं, गली और फाटक पर एकत्र कुत्ते एकसाथ भूँकने लगते हैं।

...अच्छा ! तुम्हारी इतनी हिम्मत ? मुँह फिराकर कमरे में चली गई ? परवाह ही नहीं करती ?...ठीक है, कागज-कलम से बात करना चाहती है। अब कागज-कलम से ही बात हो जाएगी।

—अब्दुल !

अब्दुल ने गाड़ी का दरवाजा खोल दिया। श्रीमती आनन्द गाड़ी में जा बैठीं। किन्तु, अब्दुल होस्टल के खुले फाटक की ओर देखता रहा...नहीं, अब और कोई नहीं आ रही।

गाड़ी स्टार्ट होने के पहले ही होस्टल का फाटक सशब्द बन्द हो गया।

श्रीमती आनन्द दाँत पीसकर कुछ बड़बड़ाईं। इंजन की घरघराहट में कुछ सुनाई नहीं पड़ा।

कुत्ते अन्तिम बार भूँककर चुप हो गए।

श्रीमती आनन्द का गर्जन-तर्जन सुनकर होस्टल के सभी कमरों में रोशनी जल गई थी। बेला गुप्त ने मुनिया को पुकारकर कहा—मुनिया-या-या ! रोशनी बन्द करने कहो दीदीजी लोगों को !

बेला गुप्त के ऐसे आदेशों का पालन करने के लिए मुनिया को दुमंजिले की सीढ़ियों पर नहीं चढ़ना पड़ता। बेला गुप्त मुनिया को पुकारती है और रोशनियाँ बुझ जाती हैं–एक-एक कर।

आज भी ऐसा ही हुआ है। एक कमरे को छोड़कर बाकी सभी कमरों की रोशनी बन्द हो गई।

अन्नपूर्णा पढ़ रही है। कल से ही उसकी परीक्षा है।

...रामरति कहाँ गई ? चुड़ैल होस्टल में समाचार प्रसारित करने गई होगी। अभी एकाध घंटे तक होस्टल के बोर्डरों की बैठकी होगी।

बेला गुप्त बिछावन पर लेट गई। सारी देह झनझना रही है। दिसम्बर की सर्दी में भी चादर भारी लग रही है।...अच्छा, मिसेज आनन्द जब गुस्साती हैं तो इनके 'केनाइन टुथ' इस तरह बाहर क्यों निकल आते हैं ? ठीक मछुआ टोली की गोरी मछुआइन-जैसी उँगलियाँ नचाती हैं !

–दीदीजी !–रामरति होस्टल का चक्कर लगा आई शायद। बेला गुप्त ने कोई जवाब नहीं दिया।

रामरति जानती है, दीदी सोई नहीं हैं। कथरी ओढ़ती हुई वह बोली–अरे बाप ! बड़ी मेम तो आज मार-पीट करने आई थी जैसे...।

बेला गुप्त ने इस बार भी कोई उत्तर नहीं दिया तो रामरति अपने-आप बड़बड़ाने लगी–सबको आँख दिखाकर डरावें, रामरति किसी से नहीं डरती। बोलना नहीं जानती है तो क्यों बोलती है कोई बात ? खलास-खलास बोलते जरा लाज भी आए इस 'बूढ़ी मौगी' को ! 'जिनगी' भर खलास करवाती रही है इसलिए खलास नहीं भूलती है।–रामरतिया को न बाघ का डर, न भूत का भय–रामरतिया सिर्फ 'मनुस पीटना' से डरती है।...

बेला गुप्त को हँसी आ गई। रामरति के मुँह से यह 'मनुस पीटना' का चुटकुला सुन चुकी है।

रामरति कम्बल पर लेटी बड़बड़ाती रही–हूँ ! आज न बनी है बड़ी मेम–रमला दीदी का मुकाबला करने चली है। सौ जनम में

भी रमला दीदी का 'परतल' नहीं कर सकेगी।...

फिर जम्हाई लेती बोली—हँ-हँ, ख-ला-स, खलास-स् बड़ी आई है खलास करनेवाली।

एक का घंटा या साढ़े बारह ?

...अन्नपूर्णा के कमरे की रोशनी भी बुझ गई। दो-तीन बार खाँसने के बाद रामरति सो गई।

सन्नाटा !...अब बेला गुप्त के मन का बाँध हहराकर टूट गया। बहुत दिनों के बाद दिल को चकनाचूर कर देनेवाली चोट लगी है फिर।...प्रत्येक आघात को जीवन में—इसी तरह छुप-छुपकर, रो-रोकर सहा है बेला ने।

...पिछले सप्ताह से ही नहीं, मिसेज आनन्द बहुत दिनों से उस पर नाराज हैं। रमला मौसी के समय से ही। जब वह बोर्ड की सदस्या हुईं, हर बैठक में मिसेज आनन्द बेला गुप्त के कार्यों की कोई न कोई त्रुटि निकालती रहीं। और रमला मौसी की मृत्यु के बाद सेक्रेटरी हुई हैं, तब से बेला गुप्त के पीछे पड़ी हुई हैं।

...आज यदि रमला मौसी होती तो बेला अभी दौड़ी जाती किचनर रोड—सीधे। सबकुछ सुनकर मौसी कहती—इस तरह टूट जानेवाली लड़कियों को समाज-सेवा का कोई व्रत नहीं लेना चाहिए। तुम यह क्यों भूल जाती हो कि तुम लड़ाई के मैदान में खड़ी हो। लड़ना है। कष्ट भोगना ही नहीं—मर जाना है यहीं... !

बेला भोग रही है कष्ट। लेकिन रमला मौसी के बिना कष्ट को झेलने की क्षमता बेला में नहीं।...मौसी ! तुम थीं—सारे आघातों और आक्रमणों को अपनी देह पर ओढ़ लेती थीं।...आज तो चाबुक से पीट गई मिसेज आनन्द...

बेला गुप्त के मन में बसी रमला मौसी हँसी—बेली ! एक बार, 'सिस्टर निवेदिता' के पृष्ठों को खोलकर पढ़ो !

—मौसी, रखो अपना यह सर्व-दर्दहर ग्रन्थ !

—गले में कंठी, ललाट पर टीका ! सिस्टर निवेदिता की मूर्ति बेला गुप्त की सजल आँखों में उतर आती है :

And the majesty of the soul comes forth
Only when someone is wounded to his depths.
घायल बेला सो गई।

श्रीमती आनन्द रात-भर छटपटाती रहीं मछली की तरह।

...देखना है इस बेला गुप्त को ! गुप्त से प्रकट करके छोड़ेगी श्रीमती आनन्द। लेकिन कैसे क्या किया जाए ? बोर्ड के अधिकांश सदस्यों की बद्धमूल धारणा है कि बेला गुप्त-जैसी संगठन करनेवाली या व्यवस्थापिका किसी संस्था में नहीं।...हूँ ! दूध की धोई है, बेला। बेला के गोरे गाल पर काला 'मासा' जो है। सभी बूढ़ों की आँखें उसके गाल पर ही अटक जाती हैं...इन भूखे और खपे हुए बूढ़ों को क्या मालूम कि उनकी बेला दूध की धोई नहीं– न जाने कितनों के साथ सोई है !

...हुँह ! कुमारी, बेला कुमारी !! कुमारी हो या बेवा, पुरुष के साथ वह जरूर सोई है। श्रीमती आनन्द की आँखें इस मामले में धोखा नहीं खा सकतीं।

श्रीमती आनन्द की कोठरी पर एक छोटी-सी पार्टी थी। दिल्ली से मिस्टर आनन्द के कई मित्र आए थे एक 'ऑडिट-पार्टी' में। श्रीमती आनन्द ने होस्टल से अंजू और मंजू को 'लोकगीत' गाने के लिए बुलाया था। मेहमानों को उन्होंने आमन्त्रित करते हुए कहा था–बिहार का लोकगीत सुनिएगा तो बिहार से वापस जाने का जी नहीं करेगा।

प्रधान अतिथि मिस्टर नाथ ने अपनी रसिकता का परिचय देते हुए कहा था–मिसेज आनन्द ! एक तो यों ही हमारा मन डगमगा रहा है, लोकनृत्य या गीत दिखलाइएगा-सुनाइएगा तो हमारा बिस्तर ह-ह-ह-ह !!

इसलिए आज आते ही मिस्टर नाथ ने श्रीमती आनन्द को याद दिलाया–बिस्तर बिछवाने का इरादा है क्या ?

श्रीमती आनन्द ने किशोरी कन्या की तरह जीभ काटकर लज्जित होने का सफल अभिनय किया।

—क्योंकि गीत सुनने के बाद तो बिस्तर बिछाना भी भूल जाऊँगा।

भोजन के पूर्व 'पान' का छोटा-सा आयोजन था।

गिलास टकराते समय भी बिस्तर की चर्चा हुई—चियर्स फॉर बिस्तर...!

एक घूँट लेने के बाद मेहमानों की बातचीत का प्रसंग स्थानीय राजनीतिक दंगल की ओर मुड़ा। श्रीमती आनन्द ने अपने ड्राइवर अब्दुल को बुलाकर कहा—गाड़ी लेकर जाओ। होस्टल से अंजू-मंजू को तुरन्त ले आओ। जल्दी...!

दो दौर के दरमियान बात घूमकर फिर किसी लड़की या महिला पर आ गई थी। महिला के बाद 'बाँकीपुर-प्रिंस' फिश-फ्राइ' की विशेषताओं पर बातें हुईं, कुछ देर तक। इस बीच जब-जब श्रीमती आनन्द कमरे में आई, मिस्टर नाथ ने उत्फुल्ल होकर पूछा—क्यों मिसेज आनन्द, आ गई आपकी दोनो फौक्सी ?

—फौक्सी ?

...हा-हा-हा-हा-हा-हा-हा !

हर बार श्रीमती आनन्द ने लाज से गड़ जाने का अभिनय किया। मिस्टर आनन्द बार-बार कहते—कोई बात नहीं ज्योति !... डैट्स-आड़ड़ा ! हा-हा फौक्सी !!

—अरे मँगाइए जल्दी, वर्ना गीत सुनने के पहले ही यहाँ सब सो जाएँगे।

—आ गई ! आ गई !

गाड़ी आई। सभी चुप हो गए।...आ गई फौक्सी ?

श्रीमती आनन्द बरामदे में गई। बाहर की रोशनी जल उठी।

—क्यों, क्या हुआ ?

—बेला मेम साहब ने छुट्टी नहीं दी।

—छुट्टी नहीं दी ? क्या बकता है ! तुमने कहा नहीं कि बड़ी

मेम साहब ने बुलाया है ?

—सबकुछ कहकर हार गया मेम साहब ! मगर वह तो इस तरह बात कर रही थीं, जैसे...।

—ठीक है। चुप रहो। मैं जानती थी, औरतों के सामने तुम्हारे मुँह से बोली ही नहीं निकलती।

हमेशा बे-बात की बात बतिआनेवाले अब्दुल को इस बात की आँच लगी। बोला—हजूर, अब क्या बतावें। जैसे ही मैंने कहा कि कोठी पर पाटी है कि चिढ़कर बोली—अंजू और मंजू नहीं जाएँगी। मैंने कहा कि एकदम 'अरजंटी बुलाहट' है तो...ऐसा जवाब दिया कि अब क्या बतावें।

—ठीक है। बताने की जरूरत नहीं। मैं जानती हूँ।

—उनको यकीन ही नहीं हुआ कि मेम साहब बुलाती हैं। बार-बार पूछती रहीं—मेम साहब ने नहीं, बुलाया है तुम्हारे साहब ने।...और वह ससुरी रमरतिया तो अलगे कूद रही थी।

मिस्टर आनन्द ने अन्दर से पुकारा—क्यों ज्योति ! क्या हुआ ?

श्रीमती आनन्द के कानों के पास बेला गुप्त की बोली गूँज रही थी—मेम साहब ने नहीं, बुलाया है तुम्हारे साहब ने।

—नहीं आई !

—हाय-हाय !!

—अब बिस्तर का क्या होगा मिसेज...?

मिस्टर आनन्द ने बात ताड़ ली—ज्योति ! इस बेला गुप्त के बारे में मैंने तुमसे पहले ही कहा था। यह ट्रबल देगी तुमको, मैं जानता था। मैं कहता हूँ, गेट रिड ऑफ दीज गुप्ताज मुखर्जीज चौधरीज।...वह एक रोग है तुम्हारे बोर्ड का। नारसिसस !

एकमात्र नौजवान मेहमान मि. बागे, जो अब तक चुपचाप मुस्कुरा रहा था, बोला—मैं परसताब करता हूँ कि हम यहाँ से उठकर सीधे चलें और उस संगदिल बेला गुप्त के दर के सामने बिस्तर बिछाकर आरजू पूरी करें...

—हम तो लोकगीत सुनकर ही यहाँ से उठेंगे।

—श्रीमती ज्योत्स्ना देवीजी हमें कल से ही ललचा रही थीं।

मिस्टर आनन्द ने अपनी गंजी खोपड़ी पर एक बार हाथ फेर लिया, फिर इधर-उधर देखकर उसने सूचना दी—आप लोगों को शायद यह नहीं मालूम कि ज्योति खुद बढ़िया लोकगीत गा लेती है।

—अच्छा !—प्रायः सभी मेहमानों ने एकसाथ आश्चर्य प्रकट किया—तब क्या जरूरत थी फौक्सी लड़कियों की ?

—शुरू हो जाए भाभी।—बागे मोढ़े पर आ बैठा।

श्रीमती आनन्द के पास बागे को इस तरह बैठते देखकर सभी को हँसी आई। मिस्टर आनन्द ने कहा—ज्योति ! डार्लिंग...देरी हो रही है। शुरू कर दो...।

मिस्टर आनन्द ने स्वयं गुनगुनाना शुरू किया—अरे, सोने की थाली में जेवना परोसी...अजी...हाँ...सोने की थाली में भोज...ना-परो-ओ-ओ-सी राम—हाय ! खाए ना मोरे राजा मैं क्या करूँ राम...

जेवना या जोवना ?

हहहहहहह ! हहहहहहह !!...श्रीमती आनन्द नहीं हँसी इस बार।

मेहमानों को खिला-विलाकर विदा करने के बाद श्रीमती आनन्द ने अब्दुल को पुकारा। ग्यारह बजे रात में—सीधे होस्टल गई, गुस्से में चूर—!

और बारह बजे रात में लौटी तो गुस्से से उबल रही थीं। दरबान जगा हुआ था। फिर भी उसे झिड़की सुननी पड़ी—इस तरह फाटक खोलकर बैठा क्यों है ?

सीढ़ी पर पैर रखते ही मिस्टर आनन्द के खर्राटे की आवाज कान में पड़ी। उबलता-सुलगता हुआ मन धधक उठा। श्रीमती आनन्द ने जोर से दरवाजा खोला और बन्द किया। मिस्टर आनन्द के खर्राटे का लय भंग नहीं हुआ। किन्तु पलँग पर पड़ी हुई अपने पति की धनुषाकार काया को वह नाक सिकोड़कर देखती रही।...

अस्त-व्यस्त पाजामा, रक्तहीन सूखी टाँगें–दो छिटकी हुई, पोपला मुँह खुला हुआ, गंजी खोपड़ी पर–ठीक ब्रह्मतालु के पास गिने-चुने दो-चार सफेद केश !!

ड्रेसिंग-टेबल के आइने में अपनी प्रतिच्छवि पर दृष्टि पड़ी और श्रीमती आनन्द ने अपने ललाट पर लटकते हुए घुँघराले केशगुच्छ को उँगलियों से हटाने की चेष्टा की।...बेला गुप्त को अपने सुन्दर स्वास्थ्य और देह की गढ़न का अभिमान है। उम्र कम नहीं बेला गुप्त की। श्रीमती आनन्द से छोटी तो किसी भी हालत में नहीं हो सकती है वह।...मिस्टर बागे ने आज दिल्लगी में ही बड़ी बात कह दी है–भाभी, बंगालिनों में सबकुछ हो, किन्तु चेहरे पर दक्षिणी लावण्य वे कहाँ से लावेंगी ? आपको देखकर मुझे दक्षिण के मन्दिरों की याद आती है।–शैतान है बागे !...इन्हीं 'वक्षगंडों' के कारण श्रीमती आनन्द को सदा लज्जित होना पड़ता है। बागे की नज़र शुरू से अन्त तक श्रीमती आनन्द की छातियों पर ही थी। बार-बार उस तरह टाई के नॉट को क्यों छूता था ? असभ्य है बागे ! छिः-छिः, उसकी देह में सिर्फ यही अंग इतना अश्लील-स्थूल क्यों है ?...उस दिन सब्जी बाग में बूढ़े फलवाले के जवान बेटे ने श्रीमती आनन्द को देखकर ही आवाज लगाई थी–लेते जाना, लेते जाना, राँची के पपीते खाते जाना, लेते जाना–आठ-आठ आना !!

ड्रेसिंग-टेबल के पास ही तिपाई पर रखी कटोरी में–तरल सफेद लोशन में रखे हुए दाँतों के सेट ! श्रीमती आनन्द के पति की परिचित हँसी का पथराया टुकड़ा–हि-हि-हि-हि !!

हि-हि-हि-हि-डार्लिंग, मैं तुम्हारा दूध-पीता बच्चा हूँ!

हि-हि-हि-हि-ज्योति–ये फ्लावर ऑफ फ्लेश... !!

श्रीमती ज्योत्स्ना आनन्द रात-भर जगी रही। बाँकीपुर की समाज-सेवी संस्थाओं में 'विमेन्स वेलफेयर बोर्ड' की बड़ी प्रतिष्ठा है। स्थानीय पत्रों में इसके कार्यक्रम और गतिविधियों के सचित्र संवाद छपते रहते हैं। राज्य के मुख्यमन्त्री बोर्ड के प्रेसिडेंट हैं। वाइस-प्रेसिडेंट लेडी सलाम के अलावा बोर्ड की 'कमिटी' में बारह

महिला-सदस्य हैं। पुरुष-सदस्यों में–हाईकोर्ट के एक रिटायर्ड जज, दो वकील और स्त्री-रोग के पुराने विशेषज्ञ वृद्ध डॉक्टर दूबे के नाम उल्लेखनीय हैं।

इसकी अधिकांश सदस्याओं को यहाँ के किसी भी सांस्कृतिक अथवा सरकारी उत्सव में–प्रथम पंक्ति की कुर्सियों पर देखा जा सकता है।...हाथ में बड़ा बटुआ लटकाए कोकिल दीदी–शिशु-संसार नामक विद्यालय की संचालिका हैं। वह हैं लेडी सलाम। वह कोई बंगालिन नहीं, मिस हफीजा सलाम हैं, फर्राटे से बंगला बोलती हैं।...पाटलिपुत्र महिला कॉलेज की प्रिंसिपल मिस रोजी वर्गिस। जेनरल हॉस्पिटल की मेट्रन टुडु। श्यामा सान्याल (बैरिस्टर डी. सान्याल के प्रथम पक्ष की पुत्री), नमिता घोषाल, मिसेज दूबे, बन्दना वर्मा, भुवनमोहिनी, मिश्रा, मिस कुजूर, मिसेज केरकेटा और ब्रह्मा कुमारी, मिस सत्य पाल !...

वेलफेयर बोर्ड की ओर से हर साल बेबी-शो, महिला-शिल्प मेला, फ्लावर शो के आयोजन किये जाते हैं।

पिछले चार-पाँच वर्षों से विमेन्स वेलफेयर बोर्ड के तत्त्वावधान में एक वर्किंग-विमेन्स होस्टल चलाया जा रहा है। नवाब खगड़ा के विशाल 'खगड़ा-मंजिल' में ही होस्टल, मेटेरनिटी सेंटर, शिल्प-केन्द्र और मिल्क सेंटर हैं। सभी संस्थाओं का संचालन विमेन्स वेलफेयर बोर्ड द्वारा होता है।

मिस बेला गुप्त, होस्टल की सुपरिंटेंडेंट ही नहीं–इन सभी संस्थाओं की 'केयर टेकर' है।

मेटेरनिटी सेंटर का फाटक पच्छिम ओर है (नवाब खगड़ा की अन्दर हवेली का फाटक !), किन्तु हेल्थ विजिटर रात में 'कॉल' पर जाती हैं तो मिस गुप्ता को सूचित करना पड़ता है। रजिस्टर में खानापूरी करनी पड़ती है। शिल्प-केन्द्र की अध्यापिका मिस बेला गुप्त के 'द्वारा' ही कोई आवेदन-पत्र भेज सकती हैं।

होस्टल में, नौकरी करनेवाली महिलाएँ ही रहती हैं।... लेडी-टाइपिस्ट, टेलीफोन में काम करनेवाली, खादी प्रतिष्ठान की

सेल्स-गर्ल, नर्स, महिला गाइड, प्रोफेसर, अध्यापिका और रेडियो स्टेशन की लेडी अनाउन्सर ! हर साल तीन-चार सीट की बढ़ोतरी की जाती है, फिर भी दर्जनों आवेदन-पत्र लौटते हैं—स्थानाभाव के कारण।

होस्टल के नियम-कानून वही हैं जो ऐसे होस्टलों में होते हैं। पर इस होस्टल में रहने के लिए कई विशेष नियमों को मानना आवश्यक है।...बोर्ड ने, राजनीतिक पार्टी में काम करनेवाली महिला को 'वर्किंग-विमेन' की मान्यता नहीं दी है। मिसेज रमला बनर्जी हँसकर कहा करती—सिर्फ 'वर्किंग-विमेन' को सँभालना ही तो एक कठिन व्यापार है—तिस पर पोलिटिकल पार्टी की औरत !...बाबा ! तब तो किसी 'महाभैरवी' को इस होस्टल का चार्ज देना होगा !

मिसेज रमला बनर्जी—बाँकीपुर शहर की मौसी !

करीब तीन वर्षों तक यह संस्था, इसके कार्यक्रमों की परिकल्पना, मिसेज रमला बनर्जी के हैंडबैग में ही रही। पूरा समय देकर काम करनेवाली योग्य कार्यकर्त्री के अभाव में वह हाथ-पर-हाथ धरकर बैठी नहीं थी। बैठक, प्रस्ताव और कोष जमा करने के लिए चेरिटी-शो का 'जोगाड़' लगाती फिरती। जिससे मिलती, बस बोर्ड की ही बातें करती। और अथक परिश्रम के बाद एक दिन उसकी कल्पना साकार हुई !

इसलिए, इस संस्था का परिचय देते समय स्वर्गीय मिसेज रमला बनर्जी के सम्बन्ध में कुछ कहना आवश्यक हो जाता है।

1936 की बात है।

राज्य के कांग्रेसी स्वास्थ्य मन्त्री ने बाँकीपुर मेडिकल कॉलेज की नर्सेज सेलेक्शन कमिटी की सदस्यता के लिए एक महिला सदस्य का नाम प्रस्तावित किया। कमिटी के सदस्यों को अचरज हुआ था।—कौन है यह मिसेज रमला बनर्जी ? कोई कांग्रेसी महिला है क्या ?

स्वास्थ्य मन्त्री ने मिसेज बनर्जी का परिचय देते हुए संक्षिप्त भाषण ही दे दिया था—बाँकीपुर के बैरिस्टर श्री नगेन्द्र बनर्जी की

पत्नी को मैं उस समय से जानता हूँ, जब वह भागलपुर कॉलेज में पढ़ती थी। खेलकूद से लेकर समाज-सेवा और सार्वजनिक कार्यक्रमों में धूम मचानेवाली मिस रमला चटर्जी को लोग भूल गए हैं।...1934 के भूकम्प-पीड़ितों की सेवा के लिए स्वयं राजेन्द्र बाबू ने जिसकी भूरि-भूरि प्रशंसा की थी।

सेलेक्शन कमिटी के सदस्यों ने सर्वसम्मति से मिसेज बनर्जी के नाम का समर्थन किया।...लेक्चर देने की क्या जरूरत थी ? मिनिस्टर द्वारा प्रस्तावित नाम का कौन विरोध करेगा भला ?

कई मनचले सदस्यों ने आपस में आँखों-ही-आँखों में बातें की थीं—देखने में बमभोलानाथ हैं मन्त्रीजी, लेकिन नजर 'रसगुल्ला' पर ही रहती है।

किन्तु दूसरी बैठक में सभी मेम्बर अवाक् हो गए।

...जिस महिला का गुणगान स्वयं मन्त्रीजी ने किया है, कैसी है वह मिसेज बनर्जी ?...कहाँ बैठेगी ? मेट्रन के पास या मन्त्रीजी की बगल में ? अपनी गाड़ी पर आवेगी या...?

मिसेज रमला बनर्जी नहीं आई। आए हैं उसके दो पत्र—एक पत्र और एक आवेदन-पत्र।

मिसेज रमला बनर्जी ने कमिटी के चेयरमैन को धन्यवाद देकर लिखा है—इस पद के योग्य वह अभी अपने को नहीं समझती।

आवेदन-पत्र था—ट्रेनिंग के लिए !

...मिसेज रमला बनर्जी ? बैरिस्टर बनर्जी की स्त्री नर्स की ट्रेनिंग लेगी ? माथा खराब है क्या ?...जरूर कोई बात है ! स्वामी- स्त्री में कुछ गड़बड़ है।...

बैरिस्टर नगेन्द्र बनर्जी ने एक दिन अपनी स्त्री को बोरिया-बिस्तर के साथ 'नर्सेज-क्वार्टर' में पहुँचा दिया।

—रमला, रविवार को मैं आकर ले जाऊँगा।

—यदि उस दिन मुझे यहाँ छुट्टी नहीं मिली तो ?

—ताहले !

पाँच वर्षों तक घर-गृहस्थी छोड़कर नर्सेज-क्वार्टर में रही रमला

बनर्जी।...सफेद कैप और एप्रॅन में बैरिस्टर बनर्जी की गृहिणी खो गई।...सर्जिकल, मेडिकल, आई हॉस्पिटल, बेबी वार्ड, फिमेल वार्ड और टी.बी. वार्ड के मरीज उसकी पग-ध्वनि सुनकर प्रफुल्लित हो जाते–आ गई ! आ गई दीदीजी !!

ट्रेनिंग समाप्त करने के बाद, पति की अस्वस्थता के कारण कई वर्षों तक किसी सार्वजनिक काम में सक्रिय रूप से भाग नहीं ले सकी। पति की मृत्यु के बाद उसने अपने को पूर्णरूपेण समर्पित कर दिया–समाज-सेवा के लिए।...राज्य-भर में घूम-घूमकर मेटरनिटी सेंटर खुलवाती फिरी–दो वर्षों तक।

बाँकी के गर्ल्स स्कूल, कन्या पाठशाला, बालिका विद्यालय या महिला कॉलेज के 'एनुअल स्पोर्ट्स' और 'प्राइज डिस्ट्रिब्युशन' के उत्सव में मिसेज रमला बनर्जी प्रति वर्ष अवश्य पहुँचती। उसकी आँखें लड़कियों के झुंड में कुछ ढूँढ़ती फिरती।...क्या नाम है तुम्हारा ? वीणा ! वाह ! खूब कूदती हो तुम। तुम 'पाइलट' बनोगी। हवाई जहाज उड़ाओगी–उड़नचंडी !

...शारदा 'डिबेट' में फर्स्ट हुई है ? बातूनी लड़की ! खूब तर्क करती है।...अरी-री-ओ-जी.सी. इधर-उधर–आइज फ्रंट !!

पिछले साल बिहार की सर्वप्रथम महिला-पाइलट कुमारी वीणा प्रसाद का अभिनन्दन करते हुए मिसेज रमला की आँखें सजल हो गई थीं–यह मेरी 'उड़नचंडी' बेटी है...।

कुमारी वीणा ने जवाब दिया था–रमला मौसी नहीं होतीं तो अब तक मैं किसी साहुजी के आध दर्जन बच्चों की बीमार माँ होती और रमला मौसी के किसी मेटरनिटी सेंटर में दवा के लिए रिरियाती फिरती।...

गत वर्ष बाढ़-पीड़ितों की सहायता के लिए आयोजित एक सांस्कृतिक उत्सव में ही उनकी मृत्यु हुई।...सियाराम तिवारी देश गा रहे थे। अगली पंक्ति की कुर्सी पर बैठी मिसेज रमला बनर्जी तनिक थकी-थकी बैठी थी। संगीत के ताल पर गर्दन हिला रही थी। हठात् गर्दन एक ओर लुढ़क गई।...ताल टूट गया। गीत रुक

गया।

बाँकीपुर की ममतामयी मौसी चली गई !

विमेन्स वेलफेयर बोर्ड, महिला शिल्प कला विद्यालय, शिशु-कल्याण केन्द्र, मातृमंगल मन्दिर, वर्किंग-विमेन्स होस्टल, महिला भवन आदि संस्थाओं की जननी—माँ, मौसी, मायजी, देवीजी... मिसेज रमला बनर्जी !

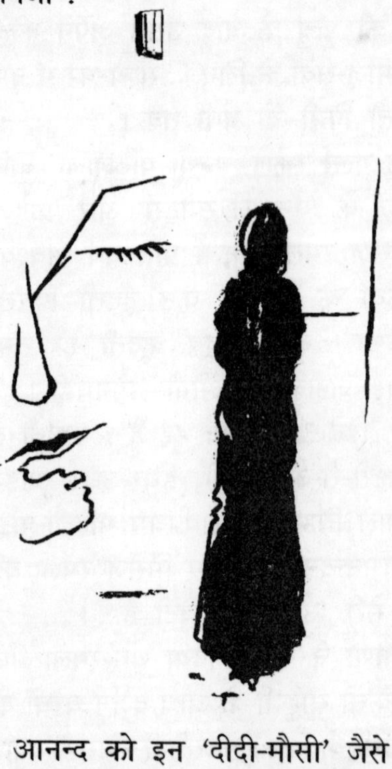

श्रीमती ज्योत्स्ना आनन्द को इन 'दीदी-मौसी' जैसे झूठे रिश्ते से चिढ़ है।...वह रमला बनर्जी नहीं। वह किसी की दीदी या मौसी या नानी-दादी नहीं। वह ऑनरेरी सेक्रेटरी है—विमेन्स वेलफेयर बोर्ड की। उसके काम करने का अपना ढंग है। पिछले ग्यारह वर्षों से क्या किया रमला बनर्जी ने ? बोर्ड के नाम पर सरकार के विभिन्न विभागों से पैसे वसूल करके—दुनिया-भर की बदचलन बंगालियों का उपकार किया।...श्रीमती आनन्द ने एक वर्ष में जितना काम किया

है—रमला देवी उम्र-भर में नहीं कर सकी।

अभी हाल में ही 'हेल्थ सर्विसेज' की ओर से चालीस हजार रुपये का अनुदान मिला है। शिक्षा विभाग से भी इतने ही पैसे की उम्मीद है। रमला बनर्जी होती तो पाँच हजार का अनुदान पाकर ही गली-गली ढिंढोरा पीट आती। गली-गली में नहीं, सभी बंगालिनों में।...हेल्थ सर्विसेज के इस छोकरे डाइरेक्टर को यदि हाथ में कर सकी तो, फिर क्या है ! उसने मिस्टर बागे को लगा दिया है इसके पीछे। किन्तु उस दिन दूध के हिसाब को लेकर हेड-क्लर्क को बार-बार क्यों डाँट रहा था ? श्रीमती आनन्द की ओर आँखें उठाकर देखता क्यों नहीं था ?...मिसेज रमला का प्रभाव तो नहीं उसके ऊपर ?

...उहुँ ! श्रीमती आनन्द अभी कुछ दिनों तक और कोई काम नहीं करेगी। बस, रमला बनर्जी के विषैले प्रभाव को दूर करेगी। एक-एक व्यक्ति के दिल-दिमाग से उस चुड़ैल की छाया को पोंछ फेंकना है।...देह जलने लगती है श्रीमती आनन्द की। किसी भी काम से कहीं जाओ, सबसे पहले रमला बनर्जी की रामायण—ऐसी थी तो, वैसी थी। बाबा, जब थी तब थी। अब क्या ? और क्या थी, सो भी बतला देगी खोलकर यह ज्योति !...इन मूरख बिहारियों को कौन समझावे ?

...रमला, बनर्जी औलाद छोड़ गई है, लेकिन !

बेला गुप्त !

यदि बेला गुप्त ने खुद ही अपना नाम विथड्रा नहीं किया होता तो ? कमिटी के सभी सदस्य उसके नाम पर एकमत थे ! आश्चर्य !!

—ट्रिं-ट्रिं ! ट्रिं-ट्रिं !! ट्रिं...!

—डबल नाइन ओ नाइन। जी ? जी नहीं। बेला गुप्त यहाँ नहीं रहती। मैं...विमेन्स वेलफेयर बोर्ड की सेक्रेटरी बोल रही हूँ—ज्योत्स्ना आनन्द ! आप कौन साहब बोल रहे हैं ? ओ-हो नमस्कार।...जी नहीं, था तो पहले सिर्फ वर्किंग-विमेन्स के लिए ही ! लेकिन हाल

ही करीब दो महीने से—हेल्थ सर्विसेज की ट्रेनिंग के लिए आई हुई दस लिटरेट दाइयों को भी रखा गया है। जी हाँ। जाहिर है। बात यह है कि बेचारी एक तो देहात की थोड़ी पढ़ी-लिखी गरीब लड़कियाँ...हाँ...कुल तीस रुपये तो मिलते हैं उन्हें, इतना पैसा कहाँ से दे सकेंगी ? हाँ, होस्टल के पिछवाड़े में सर्वेण्ट्स क्वार्टर—जिसमें स्टोर वगैरह था—खाली करवाकर...। बात यह हुई है पांडेजी कि मिसेज बनर्जी सारा हिसाब-किताब इस कदर गोलमाल करके मरी है कि...जी हाँ, जी हाँ...अब मैं मर रही हूँ। जी ? जी ! सो तो ठीक है। बेला गुप्त ? जी नहीं, उसकी अपनी 'नीस' नहीं। गलत सुना है आपने। क्यों, कोई खास बात ? वह तो होस्टल में—खगड़ा-मंजिल के कम्पाउंड में ही रहती है। जी ! जी।...नमस्कार।—खटाक् !

...हुं ! दैनिक 'देश-विदेश' पत्र के सम्पादकजी हैं और यह भी पता नहीं इन्हें कि इनके शहर की मशहूर संस्था विमेन्स वेलफेयर बोर्ड की सेक्रेटरी कौन है ?...देश-विदेश। हुं, बेला गुप्त, बेला गुप्त, बेला गुप्त ! क्या है इस बेला गुप्त में ?...कुछ नहीं भ्रम है लोगों को कि बेला गुप्त रमला बनर्जी की बहन-बेटी है। फ्राड सब। मुफ्त में दुनिया-भर के लोगों की हमदर्दी वसूल रही है !

—ट्रिं !

—जे !

—सुनो, बेला ने पिछली रिपोर्ट भेजी है ?

—जे, भेजा तो था किन्तु, फिर हँम लौटाय दिया है।

—भालो किया है।

—तुम कल गया था ?

—हेंहें-जे गेया था। आप जैसा माफिक बोला, वैसा माफिक करा, किन्तु—हेंहें...।

—क्या करा ?...पर्दा खींच दो। धीरे से बोलो।

—जे हेंहें हँम ओंजु-मोंजु को आप्ना दुई दिक में बैठाय कर...।

—कहाँ बैठायकर ?

—बाहिर का बेंची पँर।

—तब ? तब क्या हुआ ?

—फिन हँम ओंजू को कान में अपना मुख-सटाय करके, खूब नगीच से इस माफिक...।

—ए बुढ़ढा खोखा ! इधर क्यों सट रहा है ?...तो तुम्हारी बेला दीदी क्या बोली ?

—ऊ तो कुछ नेंही बोली। ऊ रामरोतिया साली आयकर बोली...!

—सुनो !—एक चिट्ठी लिखो।...टु दि सुपरिंटेंडेंट, डब्ल्यू, डब्ल्यू, होस्टल...रामरति की नामंजूर छुट्टी के पैसे काटकर बिल भेजो... और बूढ़ी मुनिया को आँख जँचवाने की नोटिस आज ही दे दी जाय।

—आभी भेज देता है।

—तो क्या बोली रामरतिया ?

—बोली कि मेम साहब बोलती हैं कि ओंजु-मोंजु को लेकर आप बाहिर में कहूँ जा सकते हैं बातचीत करने को वास्ते।

—तब ?

—तब हँम इंग्रेजी में उसको गालागाल देकर चला आया। खूब गुस्सा होके।...बोला मेम साहब तो हमारा अगाड़ी में आई नहीं। आने से हँम जरूर इनसाल्ट करता।

—अच्छी बात है बुड्ढा खोखा ! अब एक काम और करना है। कान मत खुजाओ। मैं तुम्हारा दर्खास्त 'लोन' के लिए हायली रेकोमेंड करके भेज दूँगी। समझा ?...सुनो, ट्रेनिंग के लिए आई हुई दो-तीन दाइयों को ठीक कर सकते हो ?

—मेम साहेब, आपका 'आकबल' से कँहिए तो सब ठो को ठीक कर सकता है।...आरे ऊ सब तो बुझिए कि छागली है छागली।

—क्या है ? छागली क्या ?

—जे, छागली ? छागली माने, बोक्री।

—बोक्री ?

—जे—उई जे महात्ता गांधी जिसका दूध पीता था शि-गोट !

इस बार श्रीमती आनन्द खिलखिलाकर हँस पड़ी। घर से बाहर—दफ्तर या किसी सार्वजनिक स्थान में वह इस तरह खिलखिलाकर—जी खोकर कभी नहीं हँसती। जोर से हँसते समय उसकी देह असाधारण ढंग से हिलने लगती है। अंग-अंग कूदने लगते हैं मानो।

क्लर्क सुखमय घोष की बीड़ी से जले हुए काले-पतले-नुकीले ओठों पर उसकी जीभ कई बार लपलपाई।...हँरिबोल !

—ए बुड्ढ़ा खोखा ! इस तरह क्या देखता है ?

—आगें ना...आगें हाँ। हँम ठीक कँर देगा किन्तु हमारा काम...हजुर, एक 'लामसाम' मिलने से दु-दु जोवान बोन है घर में। उसको शादी...आपका पैर पकड़ता है हँम...।

—ए-ए ! क्या करता है ? पागल है !...सुनो घोष्ट ! तुम्हारी दोनों जवान बहन घर में बैठी क्या करती है ? दाई की ट्रेनिंग में क्यों नहीं डाल देता है ?

—आगें ना। उसमें तो नहीं डाल सकेगा।

—क्यों ?

—जे, हँम लोग के घर का लेड़की ए काम नेंही करेगी।

—यह काम नहीं करेगी। हुँ...शादी करके पेट में बच्चा रखेगी ओर उसको निकालने का काम सीखने में तुम्हारी जाति मारी जाएगी। अभागा बंगाली !

इस बार घोष लज्जित हुआ; किन्तु उसने कोई जवाब नहीं दिया।

श्रीमती ज्योत्स्ना आनन्द को, असमय में ही बूढ़ा दीखनेवाले इस युवक सुखमय घोष के सामने तनिक भी लाज नहीं आती, किसी बात की। न जाने क्यों ! और, इसे बूड्ढ़ा खोखा, भूखा बंगाली, मछली का पोकर, बांगाल का बोका, चच्चड़ी का चाचा, घोष्ट—जब जो जी चाहा—कहती है। तरह-तरह के भोंडे नामों से पुकारने में आन्तरिक आनन्द आता है श्रीमती आनन्द को। आज

फिर एक नया नाम मिला है।

—अच्छा, बोक्री का दादा ! अब यह तो बतलाओ कि तुम अंजु-मंजु से छिप-छिपकर क्यों मिलने जाता था ? अरे, मैंने तो समझा था कि तुम एकदम 'बुड़बक-बंगाली' है।...तुम बेला से कहते थे कि बड़ी मेम के काम से आया है ? मैंने तो तुमको एक ही दिन भेजा था और...कल से तो तुमको लाइसेंस ही मिल गया है। क्यों ?

—बोलो, क्यों जाता था दिन में पाँच बार ?

—अंगें, सँब दिन नेंही। खाली रँब्बार में।

—और 'रोब्बार' को भी मेरे काम का बहाना बनाता है ! यें ? बुड्ढ़ा पापी ! ए...तुम अंजु से शादी करेगा ? बोलो !...हँसता क्यों है ?

—जे, उससे हमारा शादी कैसे होगा ? ऊ हिदुस्थानी है...।

—और तुम क्या है ? बिलायती बैगन है ? तुम उसके पास जाता क्यों था ?

सुखमय घोष ने दाँत निपोड़कर स्वीकार किया—आगें, बात है कि हँम थोड़ा-थोड़ा बेहाला बजाता है कि ना ! एहि बास्ते, लोकधुन सुन कँरके थोड़ा रेवाज करने को बास्ते...!

—हूँ ऊँ-ऊँ-ऊँ !

श्रीमती आनन्द प्रायः सभी भाषाओं के एकाध अश्लील कहावत, अश्लील शब्द और अश्लील आशय के वाक्य जानती है। और, अवसर देखकर उसका प्रयोग भी करती है। यों भी, तनिक वल्गर बोले बिना उसके मुँह में लज्जत ही नहीं आती है। बोली—रेयाज करने जाते हो या सुख पाने ?...सुख पाच्छो, बुड्ढा खोखा ?

घोष की देह में एक फुरहरी-सी लगी।...सुख पाच्छो ?

—तुम वहाँ गाना सुनने जाता है ? आज ही तुमको नोटिस दी जाएगी, समझे ? एक महीना के अन्दर तुमको अपनी शादी करनी होगी। फिर अपनी बोक्री-बहनों की फिक्र करना। समझे ? जाओ।

जवान सुखमय घोष के अन्तर में बैठे हुए सतर्क और चालाक वृद्ध बंगाली ने मेम साहब के इस दुर्लभ, हलके सुर में बाँधे हुए

मन का तत्काल लाभ उठाया। वह सबकुछ जान-बूझकर चिरौरी करने लगा। चिरौरी नहीं—अभिनय ! उसने लपककर श्रीमती आनन्द का पैर पकड़ लिया—मेम साहेब ! आगें—ऐसा मत बोलिए। हमको सब बात बोलिए, उई शादी ठो मत करने को बोलिए। मेम साहब...।

—ए-ए ! क्या करता है ?

सुखमय घोष ने श्रीमती आनन्द का पैर छोड़ा नहीं, किन्तु।... पागिर पायेर मांसउ साला जेन डनलोपियोर पैड !

—सुनो घोष्ट ! बेला से शादी करेगा ? वह तो पियोर बंगालिन है।

—आगें, ऊ क्या है, क्या नेहीं है, ये भॅगवान को भी नेंहीं मालूम। बाँकीपुर के लोग का साथ में खांटी बाँकीपुरिया बोलती है। भोजपुरे से भी भोजपुरे का माफिक बोलती है। मैथिली तो...।

—अरे रखो-रखो।...

यह क्या ? बेला आ रही है ?

मिस बेला गुप्त ने आकर नमस्कार किया।

श्रीमती ज्योत्स्ना ने नमस्कार का कोई जवाब नहीं दिया। सिर भी नहीं हिलाया और न मुँह से कोई शब्द निकाला।

बेला खड़ी रही। श्रीमती आनन्द ने कुछ सोचकर कहा—बैठो।... घोष ! तुम जाओ, लेटर टाइप कर लो जल्दी।

—आगे, आभी तुरत ! सुखमय घोष जान बचाकर भागा मानो। बेला गुप्त बैठी नहीं। बोली—मुझे घोष बाबू से काम है।

—क्या काम है ? घोष को यहीं बुला देती हूँ।

श्रीमती आनन्द ने इलेक्ट्रिक-कॉलिंग बेल का बटन दबाया।

सुखमय घोष प्रकट हुआ—जे ?

बेला गुप्त ने पूछा—घोष बाबू ! आप बेबी-शो का हिसाब फिर क्यों माँग रहे हैं मुझसे ? मैंने पाँच महीना पहले ही दे दिया है।

बेला गुप्त ने आज घोष से हिन्दी में बात की। घोष ने खँखारकर अपनी कंठनली को साफ किया।...वह किस भाषा में

जवाब दे ? आखिर उसने हिन्दी में ही जवाब दिया–दिया होगा, किन्तु हमारा ऑफिस में नेंही है।

–नहीं है माने ? सेक्रेटरी साहिबा ने खुद पियन-बुक पर दस्तखत बनाकर 'रिसीव' किया है।

–किया होगा किन्तु हमारा ऑफिस में नेंही है।

–आपके ऑफिस में नहीं है तो आप मुझसे डुप्लिकेट कॉपी माँगिए। आपने तो लिखा है कि...चूँकि अभी तक आपने बेबी-शो के खर्च का कोई...।

अब श्रीमती ज्योत्स्ना आनन्द ने बाधा डाली–देखो बेला, उसने सिर्फ खत टाइप किया है। हिसाब मैंने माँगा है। जो कुछ कहना हो, मुझसे कहो।...तुम जाओ घोष !

–नहीं, घोष बाबू को जाने को मत कहिए।

–क्यों ?

–घोष बाबू ! आपके मुहल्ले में कोई ड्रामा होने जा रहा है ?

–आगें ?

–आपने किसी ड्रामा में पार्ट लिया है क्या ? सेक्रेटरी साहिबा, घोष बाबू तो, लगता है, किसी नाटक का रिहर्सल करने होस्टल में जाते हैं। यह आपकी अंजू-मंजू को, होस्टल के पिछवाड़ेवाले बरामदे में–जिधर ट्रेनिंग में आई हुई लड़कियाँ है...।

कई दिनों से धुधुआता हुआ क्रोध एक ही बार दपदपाकर जल उठा–आपकी अंजू-मंजू का क्या मतलब ?...ठीक है, क्या किया मेरी अंजू-मंजू को घोष ने बरामदे में ?...उनके साथ बैठा होगा। सोया तो नहीं। बोलो, सोया था ?

बेला ने अपने को सँभाला। बोली–यही हाल रहा तो ये वहाँ जाकर सोएँगे भी।

–तुम्हारे साथ ही सोएँगे।

बेला गुप्त कुर्सी छोड़कर उठी–श्रीमती आनन्द, आप गाली बक रही हैं।

—मैं गाली बकती हूँ और तुम आकर फूल बरसा रही हो मुझ पर ? देखो बेला, काम करना है तो सीधे मन से करो...।

—श्रीमती आनन्द, आप अपने घर की नौकरानी से नहीं बात कर रही हैं।

श्रीमती आनन्द अप्रतिभ हो गई। उसे अचानक खयाल हुआ कि वह गुस्से में बहुत बहक गई है। उसने बेला गुप्ता के चेहरे पर ऐसी बात देखी कि वह तुतलाने लगी—तु-तु-तुम बेला, तुमने उस रात को मेरा अपमान किया है। मेरे मुँह पर तुमने धमाके से फाटक बन्द करवाया। तुमने मेरे पति को और मुझे गालियाँ नहीं दीं ? तुम-तुम...!

इस बार बेला गुप्त हँस पड़ी।

श्रीमती आनन्द ने अचरज से देखा—हँसती है ?

—तुम मुझे चिढ़ाने आई हो और मैं फूल-चन्दन से तुम्हारी पूजा करूँगी ? क्यों ?

—आपने कैसे समझा कि मैं चिढ़ाने आई हूँ ?

—तुम हँसती क्यों हो ?

—आपको असल में अचरज हो रहा है कि मैं रो क्यों नहीं रही हूँ।...घोष बाबू, आप जाइए।

श्रीमती आनन्द चुप रही। घोष चला गया।

—मैंने कब गाली दी ?

—तुमने अब्दुल से क्यों पूछा कि अंजु-अंजु को मेम साहब बुला रही हैं या साहब ? क्या मतलब ? मेरा साहब क्या है ? शराबी ? रंडीबाज ? एँ ?

—श्रीमती आनन्द, आपके साहब के बारे में हमने कुछ नहीं कहा है कभी। वे कई बार अंजू-मंजू से मिलने आए हैं। उन्हें साथ लेकर बाहर गए हैं। इसलिए मैंने अब्दुल से पूछा था।

—बेला ! क्या बात कर रही है ?

—क्यों ?

—आनन्द अंजू-मंजू से होस्टल में मिलने जाता है...उन्हें साथ

लेकर बाहर जाता है...कहीं आवे, कहीं जाए आनन्द—तुम बोलनेवाली होती कौन हो ? झूठी ! फ्राड—हाँ, हाँ, जाएगा—आनन्द जाएगा ! एक सौ बार जाएगा, हजार बार जाएगा। तब ? क्या कर लेगी तू ?

बेला फिर हँसी। बोली—मैं चलूँ, मुझे जी.पी.ओ. में काम है।...ज्योत्स्नादि, एक बात कहूँ...लगता है, इधर आपने बहुत दिनों से अपना ब्लड-प्रेशर नहीं चेक करवाया है। नमस्कार !...

—ट्रिं-ट्रिं ! ट्रिं-ट्रिं। ट्रिं...!!

—येस ! बोलिए...रौंग नम्बर।—खटाक्।

...तो, आज लड़ने के लिए ही आई थी यह चुड़ैल ?

—ट्रिं-ट्रिं ! ट्रिं... !!

—हॅलो।...गलत नम्बर। गलत नम्बर।—खटाक्।

...आनन्द ने फिर शुरू किया ? बेला उसको फिर पछाड़कर चली गई। इस आनन्द के कारण उसे फिर जलील होना पड़ा।...आज पूछती हूँ।

—ट्रिं-ट्रिं ! ट्रिं... !!

—देखिए, भाई साहब ! आप बार-बार गलत नम्बर...कौन ? बागे ?...अरे-रे ! तो, तुम तभी से बाईजी-बाईजी क्या कर रहे थे ? ओ ! भाभी जी-ई ! माफ करना बागे, मैंने तुम्हारी आवाज नहीं पहचानी। अच्छा ! तो आओ न ! आज शाम को ? नहीं, कल सुबह नहीं आ सकते ? ठीक है।...नमस्कार।

...बागे ने कहा कि टॉप-सेक्रेट बात करनी है ?

...कहाँ गया वह बोक्री का दादा ?

...बोक्री-बोक्री-बोक्री।

गणपतिसिंह लेन में—जिस गली में 'खगड़ा-मंजिल' है—इधर कई दिनों से पतंगबाजी हो रही है।...ब-काटा ! ब-काटा !!

पिछवाड़े की तंग गली में भद्दे गीत जोर-जोर से गाए जाते हैं।

शाम को गली में मंडली जुटती है।...आवाज दो, कहाँ हो !

—यहाँ हूँ !

खगड़ा-मंजिल के अहाते से पतली आवाज में किसी ने जवाब दिया। गली में जमी मंडली पागल हो गई—मार डाला ! हाय-हाय, आ जा मेरी जान।...एक साथ दर्जनों सीटियाँ बजने लगीं।

—रामरति ! देख तो, किस लड़की ने जवाब दिया है।

रामरति बड़बड़ाती आई—दीदीजी, आप ही जाकर पूछिए। अब तो यहाँ रोज नया तमाशा होगा। 'गुरटिरेनीवाली' लड़की सब कहती हैं कि कोई ऊपरवाली ही बोली है।

ऊपरवाली अर्थात् होस्टल में रहनेवाली।

रामरति ट्रेनिंग में आई हुई लड़कियों को गुरटिरेनीवाली कहती है।

...हेल्थ सर्विसेज के डाइरेक्टर ने, जिस दिन इन लिटरेट दाइयों के रहने की व्यवस्था 'खगड़ा-मंजिल' में करने का प्रस्ताव किया, बेला गुप्त ने उसी दिन एतराज किया था—दस हों या पाँच, उनके लिए कुछ अतिरिक्त नियम-कानून की जरूरत होगी।

डाइरेक्टर साहब को बेला की बात अच्छी नहीं लगी थी—अतिरिक्त नियम-कानून की जरूरत क्यों होगी ?

—सर ! होस्टल में रहनेवाली बोर्डर और इन लड़कियों में... फर्क है न !

—देखिए मिस गुप्त ! नियम-कानून जो कुछ भी बनाना है, पीछे बनाते रहिएगा—मिल-जुलकर। शुरू में ही कोई झंझट मत लगाइए। अभी स्मूथली सबकुछ होने दीजिए।

...डाइरेक्टर साहब की बातों में, हेल्थ सर्विसेज के अनुदान की झाँस भी थी। इसलिए, बेला गुप्त मीटिंग में चुप लगा गई उस दिन। इसके बाद बेला गुप्त ने, श्रीमती आनन्द से इस विषय पर बातें करने के लिए समय माँगा। वह टालती गई।...और अब तो स्वयं श्रीमती आनन्द ने ही होस्टल के पुराने नियम-कानून को तोड़ना-तुड़वाना शुरू कर दिया।

...नियमानुसार अंजु और मंजु को इस होस्टल में जगह नहीं मिलनी चाहिए। बेला गुप्त ने घोर विरोध किया था। और श्रीमती आनन्द इसके बावजूद अपने हाथ से दोनों के नाम रजिस्टर में लिखकर चली गई थी।

...समस्या क्रमशः जटिल होती जा रही है।

...प्रोफेसर निगम को आज फिर क्या हुआ ? आज किससे लड़ रही हैं ?

वर्किंग-विमेन्स होस्टल में कई दिनों से असन्तोष छाया हुआ है।...प्रोफेसर रमा निगम, रेडियो की अनाउंसर रेवा वर्मा, रेलवे-गाइड पटनेश्वरी देवी और खादी प्रतिष्ठान की शिप्रा मजुमदार—कहाँ आ रही हैं, दल बाँधकर ?

—मिस गुप्त, अब तो यहाँ रहना मुश्किल है

—टेरिबल।

—न मालूम, किस जंगल में इन्हें फँसाकर लाया गया है। कहाँ की हैं सब ?

—मिस गुप्त ! अब यहाँ किसी भी दिन छुरा चलेगा। सहसराम की लेडी डॉक्टर का मर्डर भी ऐसे ही हुआ था।

रेलवे-गाइड पटनेश्वरी देवी इन लड़कियों को देखते ही जल उठती है। हमेशा खाँव-खाँव करती रहती है—ए ! इधर क्यों आती है, तुम लोग ?...ए।—इधर साड़ी किसने पसारा है ?

—अब यहाँ चोरी-चपाटी और 'छिनरपनी' भी होगी।

प्रोफेसर निगम की आवाज बहुत सुरीली है। वह हमेशा एक खास लय में बोलती है—मिस गुप्त...देखती हूँ कि...बिहार की सब बातें...बिहार-जैसी ही हैं...।

—होनी ही चाहिए। बेला गुप्त ने जवाब दिया।

प्रोफेसर निगम का लय टूट गया मानो। तमककर बोली—मैं सिरियसली कह रही हूँ मिस गुप्त ! ऐसी गन्दी लड़कियाँ मैंने कहीं नहीं देखीं। ओह, दे आर टेरिबल। चलकर देखिए, ठीक सीढ़ी के पास एक टोकरी गन्दे चीथड़े बिखरे पड़े हैं।

अनाउंसर रेवा वर्मा अब तक चुप थी। प्रोफेसर निगम से उसकी बातचीत कई महीने से बन्द है। वह पटनेश्वरी देवी से बोली–पटनदीदी, बात हम करने आई हैं होस्टल के बारे में या बिहारी-बंगाली और पंजाबी सूबे के बारे में ?...गन्दगी कहाँ नहीं है ? सारा हिन्दुस्तान गन्दा है।

पटनेश्वरी देवी बोली–सो तो ठीक है।

शिप्रा मजुमदार बोली–देखिए भाई, आपस में झगड़ा अभी रखिए।

प्रोफेसर निगम ने शिप्रा मजुमदार से कहा–सुन रही हो शिप्रा ?

बेला गुप्त ने कहा–देखिए।...हेल्थ सर्विसेजवाले पूरा होस्टल ही खाली करवाना चाहते हैं। इस ट्रेनिंग के बाद लेडी हेल्थ-विजिटर की ट्रेनिंग में पचीस लड़कियाँ आ रही हैं।

इस संवाद को सुनकर सभी के चेहरों के रंग उड़ गए।

किन्तु रेवा वर्मा मुस्कुराने लगी–उम्मीद है, मैं उसके पहले ही यहाँ से क्विट कर जाऊँगी।

शिप्रा ने पूछा–क्यों ? क्वार्टर मिलनेवाला है ?

–नहीं जी। हमारे बड़े-बड़े प्रोड्यूसर और पी.ए. बाँकीपुर और महेन्द्रू की गलियों की हवा खा रहे हैं। हम अनाउंसरों को क्वार्टर मिलेगा ?...उम्मीद है, तब तक कुछ ऐसा हो जाएगा कि मुझे होस्टल छोड़ना पड़े।

प्रोफेसर रमा निगम मन-ही-मन कुढ़ी।...कुछ ऐसा नहीं, वैसा हो जाएगा। डेढ़ साल से सभी को अपनी प्रेम-कहानी और अपने प्रेमी की बात चाय पिला-पिलाकर सुना रही है मिस वर्मा। कभी कहेगी–वह कहता है, नौकरी छोड़ दो। मैं क्या करूँ, कुछ तय नहीं कर पा रही हूँ।...कभी सुनावेगी–भाई, ये मर्द लोग इतने ईर्ष्यालु होते हैं, मैं नहीं जानती थी। अब कहता है, रेडिया-ड्रामा में हीरोइन का पार्ट मत लो। कोई तुमको उस तरह 'रानी' और 'डार्लिंग' कहे–यह मैं नहीं सह सकता।...आज कह रही है–उम्मीद है, तब तक कुछ ऐसा हो जाएगा। साफ-साफ क्यों नहीं कहती, मेरी शादी

हो जाएगी...अपने को सिनेमा-स्टार समझती है।

पटनेश्वरी देवी ने बात का सूत्र फिर पकड़ा—जब बन्द हो जाएगा होस्टल तो बन्द ही हो जाएगा, लेकिन अभी तो कुछ करना ही होगा।

रेवा वर्मा बोली—पटनदीदी, क्या करना चाहती हैं आप ? कोई उपाय नहीं है। यदि कुछ करना चाहती हैं तो पहले अपने को सुधारना होगा।

—क्या सुधारना होगा ? प्रोफेसर निगम ने चार महीने के बाद रेवा वर्मा से बात की, इसमें अपने को सुधारने की क्या बात है ?

रेवा वर्मा ने नाटकीय अन्दाज में कहा—देवीजी ! थोड़ा लिपस्टिक का व्यवहार कम करना होगा। और कुछ नहीं।

—और नुकीली ब्रेसरी—प्रोफेसर निगम ने पूछा

बेला गुप्त ने देखा, प्रोफेसर निगम और मिस वर्मा में अब गुत्थमगुत्थी होगी। बोली—यह क्या कर रही हैं आप लोग ?

रेवा वर्मा को बात लग गई, क्योंकि नुकीली ब्रेसरी वही पहनती हैं। इस बार उसने सीधी चोट की—बिना ब्रेसरी पहने ही लोगों के नाम से पर्चे छपते हैं। और...।

बेला गुप्त गम्भीर हो गई।

...बाहर रामरति और मुनिया—दोनों माँ-बेटी मिलकर किसी 'ट्रेनी-लड़की' को डाँट रही हैं—यह बाँकेपुर है, गाँव नहीं। यहाँ एक-से-एक छुरेबाज बाँके रहते हैं।...हमेशा फिरकी-जैसी नाचती फिरती है।

सभी का ध्यान बाहर चला गया। रामरति चिंचियाती हुई आई—दीदीजी, देखिए तो...।

—क्या देखेगी दीदीजी ? इस तरह चिल्ला रही हो क्यों तुम दोनों ?

—हजार बार बाहर जाती हैं सब। मिलिट-मिलिट पर कौन फाटक खोले ? जब से ई लोग...।

बेला गुप्त ने मुनिया को झिड़की दी—मुनिया !

रामरति ने देखा, दीदी जी सचमुच गुस्सा गई हैं।

—क्या है ?

दाई-ट्रेनिंग में आई हुई गौरी देवी बोली—दीदीजी, सौदा लेने के लिए दुकान पर जाना है।

—देखिए, आप लोगों को जो कुछ सौदा-सामान लाना हो, दिन रहते ले आया कीजिए।

...यह साँवली लड़की, गौरी देवी हमेशा मुस्कुराती रहती है। अभी भी मुस्कुरा रही है। तनिक चंचल है। दौड़-दौड़कर चलती है। कमरे में झाड़ू लगाते समय और कपड़ा धोते समय वह अपने गाँव का कोई करुण गीत गुनगुनाती रहती है।

प्रोफेसर निगम ने, न जाने क्यों, हठात् गौरी देवी से पूछा—सुनिए ! आप हरिजन हैं ?

गौरी देवी खिलखिलाकर हँस पड़ी। उसकी हँसी झिलमिला उठी—सफेद दन्तपंक्ति—जी नहीं, दीदीजी !

बेला गुप्त ने पूछा—क्या लाना है दुकान से ?

—जी, दीदीजी, सरसों का तेल—दो आने का। बहुत मच्छड़ है, रात में सोने नहीं देता है।

...तेल मलकर सोएगी देह में ?

—रामरति ! तेल ला दो बाहर से।

होस्टल की महिलाएँ दल बाँधकर चली गईं। गौरी देवी खड़ी रही। रामरति उसके हाथ से तेल की शीशी और पैसा लेकर बाहर चली गई, मटकती हुई। मुनिया अपने बरामदे में रोशनी बुझाने गई। बेला गुप्त ने गौरी देवी से कहा—तब तक बैठिए।

साँवली लड़की, गौरी देवी मुस्कुराकर रह गई।

—सुनिए, अभी पिछवाड़े से गली के लड़कों को किसने जवाब दिया था ?

गौरी देवी की आँखें झुक गईं। वह चुप रही। मुस्कुराहट अंकित रही ओठों पर। सिर्फ लाज की एक पतली रेखा फिर उभर गई।

—आप जानती हैं, किसने...?

इस बार गौरी देवी ने आँखें चार कीं—दीदीजी, भूल से कसूर हो गया। इस बार माफ कर दीजिए, पहला कसूर...।

तो, आपने ही...?

—जी दीदीजी—मेरा छोटा भाई चुनमुन बड़ा नटखट है। मुझे जब किसी काम से घर में खोजता है तो यही गीत गाता था—दीदी, आवाज दो कहाँ हो ? और मैं भी हँसकर जवाब देती थी...सो, भूल से आज...।

...नहीं, यह लड़की झूठ नहीं बोल रही। इसकी आँखें, अपने नटखट भाई चुनमुन की याद में छलछला आई हैं।...भैया दूज के दिन यही रो रही थी ! बेचारी !!

रामरति तेल लेकर आ रही है। बेला गुप्त ने मुस्कुराकर पूछा—और कोयल जब कूकती थी तो उसे भी चिढ़ाती थी, गाँव में ?

गौरी देवी की हँसी छलक पड़ी—जी, दीदीजी !

—यहाँ ऐसा मत कीजिएगा। यहाँ फागुन महीने में नहीं, हर महीने और हर मौसम में कोयल कूकती रहती है। कभी जवाब मत दीजिएगा !

—नहीं, दीदीजी।

तेल की शीशी लेकर गौरी देवी बाहर गई। बरामदे से नीचे उतरते ही सरपट दौड़ी।

—ए-ए ! सुनिए...।

गौरी रुकी। बेला गुप्त ने बरामदे में आकर कहा—आप इस तरह दौड़कर क्यों चलती हैं हमेशा ? किसी चीज में ठोकर लग जाएगी।...यहाँ तुरन्त ही 'टिटनेस' हो जाता है।

गौरी देवी सहज चाल से होस्टल के पिछवाड़े की ओर चली गई।

...उधर एक बल्व देना होगा।

रामरति बोली—यह गौरी देवी बहुत 'हरपटाही' है। पेंड़ पर चढ़कर अमरूद तोड़ती और कुतरती है। औरत है कि गिलहरी...।

...गिलहरी नहीं, हिरणी !

जिधर ट्रेनी-लड़कियाँ रहती हैं, उसे यहाँ पिछवाड़ा कहा जाता है। खगड़ा-मंजिल के नौकर-बावर्ची जहाँ रहते थे, उन्हीं तीन दरबों में दस लड़कियाँ रहती हैं। इधर होस्टल की महिलाओं ने इस हिस्से का नाम 'दाईकित्ता' चला दिया है।

'दाईकित्ता' के बाद दीवार है। दीवार के उस पार है मेटरनिटी-सेंटर, शिल्प-केन्द्र। यहाँ उस हिस्से को सिर्फ सेंटर कहते हैं। होस्टल का रसोईघर और शौचालय अलग है। रसोईघर से सटे हुए कमरे में होस्टल की महराजिन रहती है। महाराजिन तो मिस निगम ने नाम रख दिया है। असल में, वह नानवाइन है। चूल्हा-चौका, रसोई-पानी-बर्तन-बासन और हाट-बाजार वही करती है—अकेली। महराजिन ही मेस इन्चार्ज है। मेस में, होस्टल की महिलाओं के अलावा सेंटर की दो-तीन महिलाएँ खाती हैं। बेला गुप्त कुकर पर अपना भोजन बनाती है। एक जून ही खाती है बेला

गुप्त।...बेला गुप्त जिस हिस्से में रहती है, उसका पुराना नाम मेम-हेवली। खगड़ा के नवाब ने मेम-हवेली बनाने के बाद मेम से शादी की थी।

मेम-हवेली के दो कमरे, दो बाथरूम और एक किचन बेला गुप्त के अधिकार में है। बाकी हिस्से में दफ्तर है, गोदाम है।...श्रीमती आनन्द बेला गुप्त के क्वार्टर पर कई बार मन्तव्य प्रकट कर चुकी है—सिर्फ इस क्वार्टर में रहने के लिए भी बोर्ड की नौकरी कबूल कर सकती हूँ।...इस क्वार्टर का भाड़ा कम-से-कम डेढ़ सौ रुपए माहवार होना चाहिए।

गौरी देवी 'दाईकित्ता' में पहुँची तो हँसी के मारे उसका दम फूला जा रहा था। कित्ते की सभी लड़कियाँ बना-पकाकर खा चुकी थीं और बाहर, नीचे थोड़ी सूखी लकड़ियाँ, पुआल, कागज और कंडे बटोरकर—लहकाकर अलाव ताप रही थीं।

—क्या हुआ गौरी ?...ले, ले—यह तो खुद मरी जा रही है हँसते-हँसते। अरी, बताओ भी ! बीड़ी लायी है या...?

बीड़ी का नाम सुनते ही गौरी की हँसी रुक गई...जः !!

वह बोली—बीड़ी कैसे लाती ? तेल तो, दीदीजी ने रामरति के हाथ से मँगवा दिया है।...साँझ होने के बाद अब एकदम फाटक बन्द !

—रामरति और उसकी माँ बड़ी लालची है। हर महीने में हम लोग 'परबी' कहाँ से लावें ? बोलो तो, पैसा नहीं पाती है तो सताती है, छिनाल !

कुन्ती देवी बीड़ी नहीं पीएगी तो डकार ही नहीं होगा।...छोटी मेम बिगड़ें या जो करें—बीड़ी की पुरानी आदत इस उम्र में कुन्ती देवी नहीं छोड़ सकती—तो बीड़ी भी क्यों नहीं मँगवा लिया ?

—राम-राम ! दीदीजी के सामने कैसे देती ? और वहाँ अकेली दीदीजी ही तो नहीं—ऊपरवाली सब थीं।

—तो, तू हँस रही थी काहे ?

गौरी देवी की हँसी फिर लौट आई—वही तो बता रही थी। वह

सुरती सहुआइन ने मुझसे क्या पूछा जानती हो ?

वह फिर हँसते-हँसते लोटपोट हुई। गौरी देवी ने 'दाईकित्ता' में प्रोफेसर रमा निगम का नाम मशहूर कर रखा है—सुरती सहुआइन ! कहती है, उसके गाँव की सुरती सहुआइन भी ऐसी ही है। इसी तरह चलती है, मानो फुटबॉल लुढ़के। ऐसी ही लय में बोलती है—रो-रोकर। गर्दन भी ठीक सुरती सहुआइन-जैसी।

—बोल न, क्या बोली सुरती सहुआइन ?

—बोली कि...सुनिए—ए-ए-ए-आ-ा-ा-ा-प-ह-रि-ज-न-हैं-एँ-एँ ?

इसमें हँसने की क्या बात थी, पता नहीं। लेकिन सुरती सहुआइन की नकल सुनकर सभी हँस पड़ीं।

—अरी चुप ! दीदीजी।

—यह धुआँ क्यों हो रहा है, इधर ?...ओ, आप लोग अलाव ताप रही हैं ?

धुआँ ही नहीं, चिड़ाइन गन्ध भी। न जाने क्या-क्या झोंक दिया है सभी ने बटोरकर !...रबर के टुकड़े, जूते का तल्ला, बाँस की टूटी खपच्चियाँ !

सभी लड़कियाँ खड़ी हुईं। बेला गुप्त ने कहा—अब आप लोग अन्दर जाइए।...और, इस तरह इधर-उधर आग मत सुलगाइए।

लड़कियाँ अपने-अपने दरबों में गईं :

तारा देवी, जानकी और कुन्ती देवी को छोड़कर बाकी सभी की उम्र बाइस-तेइस के नीचे ही होगी।

तीनों अधेड़ महिलाएँ अनिच्छा से आग छोड़कर उठीं। कुन्ती देवी कुनमुनाई—बाँकीपुर में जैसा जाड़ा वैसा ही मच्छड़ !...धुआँ से मच्छड़ भागता है तनिमनि।

बेला गुप्त 'दाईकित्ता' में पहली बार आई है।

...बाहर की रोशनी जल रही है। बरामदे पर कई छोटे-छोटे चूल्हे हैं। सिगड़ियाँ भी हैं।...पानी का नल ठीक से नहीं बन्द किया गया है। बेला गुप्त नल बन्द करने गई।

शारदा कुमारी ने कहा—दीदीजी, इस कलटेरी का 'अथि' खराब

है। कितनी 'अथि' करते हैं, अथिए न होता है।

...सचमुच खराब हो गया है। वासर कट गया है, शायद। कल ही ठीक करवाना होगा। बेला गुप्त को इस तरह छर-छर कर चूते हुए नल से चिढ़ है।

उधर गौरी देवी फिर हँसने लगी। शारदा कुमारी की 'अथि' भरी बोली बेला गुप्त के कानों में भी खटकी थी। उसका जी भी गुदगुदाया था। जब गौरी देवी हँसने लगी तो उसकी हँसी भी प्रकट हुई—क्यों, गौरी देवी, जब कल का 'अथि' खराब है तो हमको 'अथि' करना चाहिए न ?...कलटेरी !

लगा, इस बार गौरी देवी हँसते-हँसते मर जाएगी।

...शारदा कुमारी मिडवाइफरी क्लास में भी इसी तरह बोलती है। डॉक्टर चाको मेम साहेब ने पूछा—शारदा कुमारी, 'पीजी' का बेड कैसे तैयार करेगी ! शारदा कुमारी ने जवाब दिया—जी मेम साहब ! 'अथि' पर पहले 'अथि' बिछा दूँगी, फिर 'अथि' डालकर 'अथि' से 'अथि' को ढाँक दूँगी...!

डॉक्टर चाको मेम साहेब बोली—यह अथि क्या है, बापू ?

बेला गुप्त तीनों कमरों में गई।

एक कमरे में रहती है—तारावती देवी, श्यामा और सबसे दुबली लड़की शिव कुमारी।

तारावती देवी की उम्र, चालीस के करीब होगी। सामने के दो दाँत लम्बे हैं। आँखें कुर्री। आवाज फटी हुई। चेहरे पर सदा असन्तोष और शिकायत ! बोली—छोटी मेम साहेब ! बड़ी मेम साहेब के बाबू ने तो कहा कि आप लोगों के लिए अलग चपरासी का सैंगसन हो गया है।...हाट-बाजार करने में लड़कियों को बहुत तकलीफ होती है।

तारावती देवी अपना घर डालटेनगंज के पास कहीं बतलाती है। सधवा है। पति ने दूसरी शादी कर ली है। तारावती देवी को दो अक्षर का ग्यान था, इसलिए ट्रेनिंग में आई है। पास कर जाएगी तो फिर जाकर बताएगी अपनी सौत को। 'बलौक' में काम करेगी

तो 'बलौक-अफिसर' उसका जरूर मदद करेगा।

शिवकुमारी पटना जिले की लड़की है। चचा बिहारीशरीफ रजिस्ट्री-ऑफिस में मुहर्रिर है। शिवकुमारी मिड्ल पास करके गाँव की पाठशाला में पढ़ाती थी। चचा ने कहा—स्कूल की पढ़ाई में क्या मिलनेवाला है ? ट्रेनिंग लेने के बाद तो 'बलौक' में सवा सौ की नौकरी धरी हुई है।

श्यामा, भागलपुर जिले के मन्दार-पर्वत की तलहटी के किसी गाँव की बेटी है। नाटी-ठिंगनी किन्तु सुश्री। गठी हुई देह। किन्तु... अहा-हा-हाथ के रोंए लम्बे हैं—काले-काले। मैट्रिक में पढ़ती थी। पर अपने पैरों पर खड़ी होकर दो छोटे भाइयों को पढ़ाना चाहती है। बाप की बड़ी बेटी...श्यामा !

दूसरे कमरे में—गौरी, शारदा कुमारी और जानकी देवी।

गौरी, सहरसा जिले की—कोसी-कछार पर रहनेवाली लड़की है। गाँव के चर्खा सेंटर में अम्बर की ट्रेनिंग ले चुकी है। रानी पट्टी आश्रम के महिला-विभाग में भी रही है। वहीं, एक भूदानी-बहिनजी से दाई-ट्रेनिंग के बारे में मालूम हुआ ! आश्रम के मेटरनिटी-सेंटर की ओर से ट्रेनिंग के लिए भेजी गई है।...कमरे में झाड़ू देते समय और कपड़ा धोते समय कौन गीत गाती है गौरी देवी करुण राग में ?...जँतसार। चक्की पर गाती हैं—गाँव की औरतें !

जानकी देवी के उत्साहित करते ही वह गाने लगी—गुनगुनाकर। बेला गुप्त चुप खड़ी सुनती रही।...गीत सुनते समय, एक ग्रामीण बालिका-वधू की छवि उतर आई आँखों के सामने। चंगेरी-भर गेहूँ लेकर पीसने बैठी है, चक्की पर। हमदर्द पड़ोसिन पूछती है—ओ, सुकुमारी ! किस पत्थर दिल सास ने तुझे चंगेरी-भर गेहूँ दिया है तौलकर, किस ननद ने तुझे अकेली नौ मन की चक्की चलाने को भेजा है। हाय-हाय, चक्की का हत्था पकड़कर, झमाई हुई निहुरी-सी घूँघट के अन्दर ही रोती है, छोटी गुड़िया-जैसी दुलहिन...

के तोरा देलकउ सुन्दरि दस सेर गेहुँआ
के तोरा भेजलकउ एकसरि जँतसारे ना-कि।

कौन रे निदरदो के तेहुँ रे पुतौहिया
कौन रे मुरुखवा-पुरुखवा तोर भतार ना-कि।
'हथड़ा' पकड़ि सुन्दरि झमरि...!

बेला गुप्त बहुत देर तक इस गीत की चक्की-जैसी घूमती गति पर चक्कर खाती रही !...इसको कहते हैं लोकगीत। अंजू-मंजू तो फिल्मी लोकगीत गाती हैं—हजी हो-ओ-ओ, हजी-ओ-ओ और हैयो-रे-हैयो जोड़ देने से ही लोकगीत नहीं हो जाता...वाह गौरी !

जानकी देवी, चनपटिया विधवाश्रम में बहुत दिनों तक 'पापड़-मुरब्बा-अचार-विभाग' में रह चुकी है। अब दाई-ट्रेनिंग लेने आई है।...बेला गुप्त को इस महिला के हाव-भाव पसन्द नहीं। गौरी के गीत के बाद ही जानकी देवी ने पूछा—मेम साहेब, आपके साहेबजी कहाँ रहते हैं ?

शारदा कुमारी भी सहरसा की है। एक कांग्रेसी-कार्यकर्ता की लड़की है। हर बात में 'अथि' लगाकर बोलती है। बड़ी सीधी है। सभी लड़कियाँ प्रणाम, नमस्ते या सलाम करती हैं बेला गुप्त को। यह सभी को कहेगी—गोड़ लगती हूँ। बेला गुप्त को, श्रीमती आनन्द को और लेडी डॉक्टर चाको को—सभी को—'गोड़ लगती हूँ' कहकर सिर झुका देती है।

चन्द्रमोहिनी, विभावती, रुक्मिणी और कुन्ती देवी सबसे बड़े कमरे में रहती हैं।

चन्द्रमोहिनी शरणार्थी बंगालिन है। मोतिहारी-शरणार्थी कैम्प से आई है।...

बँटवारे के समय देह पर अमानुषिक अत्याचार झेल चुकी है। चेहरा एक ओर जला हुआ है।

विभावती खद्दर पहनती है। सलवार और कमीज ! पूर्णियाँ जिले के किशनगंज सब-डिविजन में रहती है। डालिमगंज गाँव में। बाप स्कूल का शिक्षक है। विभावती सेवा की भावना से प्रेरित होकर ट्रेनिंग ले रही है।...उसके गाँव में, आसपास के गाँवों में बहुत-सी

माताएँ सौरगृह में ही मर जाती हैं, बच्चे रोग के शिकार होते हैं। इसलिए ट्रेनिंग लेकर वह गरीब माताओं की सेवा करेगी। सबसे बड़ी सेवा है यह, उसके बाप का भी यही कहना है।...चेहरे पर एक विशेष चमक है—विभावती के !

बेला गुप्त ने ध्यान से इस लड़की को देखा। निर्विकार आँखें, निर्भय चेहरा, सुडौल ललाट और घुँघराले बाल।...साँवली-सलोनी यह विभावती ? यह भी किशनगंज की लड़की ? यह भी शिक्षक की बेटी ?

रुक्मिणी पूर्वी बाँकीपुर की रहनेवाली है। माँ होली फेमिली अस्पताल में दाई का काम करती है। घरवाला फटफटिया का ड्राइवर है। हर शनिवार की सुबह में फटफटिया लेकर झड़झड़ाता-भड़भड़ाता हुआ आता है और रुक्मिणी को ले जाता है। फिर सोमवार को पहुँचा जाता है।

कुन्ती देवी एक युवक द्वारा उद्धार करके अपनाई गई अधेड़ महिला है। स्वामी छपरा कचहरी में किताबों की दुकान करता है। कुन्ती देवी के बिछावन पर 'लाल दुपट्टा मलमल का' रंगीन पुस्तक की एक प्रति पड़ी हुई थी।...बेला गुप्त अपने को नहीं रोक सकी। पूछ बैठी—क्यों कुन्ती देवीजी, आपके स्वामी इन्हीं किताबों की दुकान करते हैं ?

कुन्ती देवी ने सवर्ग स्वीकार किया—जी, और भी हैं। डाकू मानसिंह दिलेर, अफीम-सुन्दरी, लाला छुछुन्दर राम और फिलिम के गाने...।

बेला गुप्त को लगा, कमरे की तीनों लड़कियाँ कुन्ती देवी से नहीं बोलतीं।...कुन्ती देवी की चौकी एक कोने में है। और वह कोना सबसे गन्दा कोना है—कमरे का।

बेला गुप्त ने सभी कमरों में—यहाँ के नियम-कानून और साधारण आचार-व्यवहार के पालन की बात बताई। और हर कमरे की अधेड़—कुन्ती देवी, जानकी देवी और तारा देवी ने कोई-न-कोई सवाल उठाया—बेतुका।...मच्छड़ों को भगाने के लिए धुआँ करना

जरूरी है।...महीना लेने के लिए बड़ा बाबू सुबह बुलाते हैं। दिन-भर बैठा रखते हैं। रिक्शा-भाड़ा में ही एक रुपया लग जाता है। इसलिए चाहती हैं कि 'महीना' मनीऑर्डर से मिले।

—डाइरेक्टर के पास लिखिए !

...लड़कियों के छोटे-छोटे चूल्हे, छोटी केतली, सस्ती टूटी-फूटी प्यालियाँ ! सस्ते गमछे, छोटा-संसार !...मशहरी किसी के पास नहीं। विभावती के पास मशहरी है, पर लगाती नहीं।

...विभावती भी किशनगंज की रहनेवाली है ?

...विभावती के पिता भी स्कूल के शिक्षक हैं ?

...विभावती भी सेवा की भावना से प्रेरित होकर घर से बाहर आई है ?

...किशनगंज का इस्लामपुर गाँव !

...इस्लामपुर स्कूल के व्यायाम-शिक्षक की पुत्री—बेला !

पढ़ने-लिखने में ही नहीं, खेल-कूद में भी वह किसी लड़के से पीछे नहीं रही, किसी दर्जे में। लाठी, भाला, तीर, तलवार चलाने से लेकर महानदी में तैरने तक की प्रतियोगिताओं में वह सर्वप्रथम होती...।

स्कूल के वार्षिकोत्सव में हर वर्ष कोई नया करतब दिखाती अपना। दुर्गापूजा मेले में गाँव की लड़कियों को लेकर स्वयंसेविका दल बनाती...। फिर जिन्दगी में कैशोर्य-सुलभ रहस्य-रोमांच की लहरें आईं !...

क्रान्तिकारियों की कहानियाँ सुनते समय देह बार-बार सिहरती ! ...जलियाँवाला बाग में मदन गोपाल को टिकटी में बाँधकर, चूतड़ पर बेंत लगाते हुए चांडालों की वह रंगीन तस्वीर जिस दिन मिली, बेला रो पड़ी थी।...उस तस्वीर को देखकर घंटों रोती रहती...चूतड़ की चमड़ी उधड़ गई है। रक्त की धारा !

...और, वह गीत ? शहीदों की टोली निकली, सिर बाँधे कफनियाँ जी ! अजी-ई-ई, डायर के फायर से जब, कि भूमि हुई थी लाल-भाइयो, भूमि हुई थी लाल, कि जलियाँवाला बाग में जूझे

प्यारे म-द-न-गो-पा-ल-है-है कलेजे बीच, हाय-कलेजे बीच, गोली निकली-ई-ई-सिर बाँधे कफनियाँ जी !!

...आर्यसमाजी कीर्तन में ढोलक बजानेवाला फेकू आर्य ढोलक पर थाप देता और बेला की आँखों के आगे लहरें आने लगतीं। लहरें उसके मन-प्राणों में, कंठ में उतरती आतीं। वह मुट्ठी तान लेती और गाती—कुँवर सिंह ने जब बिहार में किया महाहुंकार— भाइयो दिया एक ललकार—कि तब झाँसीवाली रानी निकली, लिये हाथ तलवार—जै दुर्गे ! जै दुर्गे !!...ब्रिटिश की ठिठोली निकली—है-है अंग्रेजों की ठिठोली निकली।

इस गीत को सुनते ही गाँव के बड़े-बूढ़े, बच्चे-जवान, स्त्री-पुरुषों की भीड़ लग जाती। सभी इसके जुझारू-लय पर गर्दन हिलाने लगते। सभी सुर में सुर मिलाते।...गाँव में किसी सार्वजनिक कार्य के लिए चन्दा वसूलना होता, बेला की बुलाहट होती ! स्कूल के प्रसिडेंट, स्थानीय यूनियन-बोर्ड के मेम्बर, अमन-सभा के सदस्य हाजी अब्दुल वदूद साहब ने एक बार बेला के पिता को बुलाकर चेतावनी दी थी—मास्टर साहब, अपनी बेटी को अब जरा सँभालिए। 'बम-बम' खेल खेलती है और वही कफनियाँवाला गीत गाती है स्कूल में। लड़की को सँभालिए वर्ना मामला एक दिन बे-सम्हाल भी हो जा सकता है...

हाजी साहब की बात सच निकली। बेला अपने बाप के 'सँभाल' से बाहर हो गई एक दिन।...

पिता का प्रिय छात्र-प्रियदर्शन, स्वस्थ तरुण बाँकेबिहारी जो उन दिनों काशी में पढ़ता था, जब गाँव आता, बेला के घर आकर दर्जनों क्रान्तिकारी कहानियाँ सुना जाता। किताबें लाता और नए गीत सुनाता—हारमोनियम बजाकर। कितने अच्छे, बाँके भैया !... क्रान्तिकारी पार्टी में हैं ?

इस बार बाँकेबिहारी भैया आए तो शुरू से ही गम्भीर थे।... दिनभर छटपटाती रही थी बेला और बाँके भैया आए थे शाम को। वह भी दस मिनट के लिए। बेला मर्माहत हुई थी। क्या हो गया

है इस बार बाँकेबिहारी भैया को ? दूसरे दिन बाँकेबिहारी ने गम्भीर होकर कहा था–उसकी क्रान्तिकारी पार्टी को महिला-कार्यकर्ता की सख्त जरूरत है।...बेला-जैसी लड़की घर में कैद रहेगी तो 'भारत-माता' की बेड़ी कैसे टूटेगी ?

...बाँके ने एकान्त में बेला को पिस्तौल दिखाया था।

...बेला ने जीवन में पहली बार एक असली पिस्तौल को आँखों से देखा ! लहरें आईं !!...उसने स्पर्श किया–ठंडा लोहा ! लहू में गर्मी !! रिवॉल्वर !! रिवॉल्वर ? उसने पूछा था–बाँके भैया, इसमें गोली भरी हुई है ?

बाँकेबिहारी फुसफुसार बोला था–इसको मरम्मत करवाना है।

बेला ने अपनी उँगली के लहू से हस्ताक्षर कर दिया था एक सादा कागज पर। सादा कागज नहीं, बाँके ने कहा था–प्लेज !

प्लेज लेने के बाद पार्टी की हुक्म-उदूली कैसे कर सकती थी ? ...एक दिन बाँके तूफान की तरह आया और बोला–पार्टी का हुक्म है, तुरत घर छोड़कर चलो। बेला को कुछ सोचने का अवसर भी नहीं दिया बाँके ने।...तुरत ? कहाँ ?–यह सवाल मत करो। कोई सवाल नहीं !

बाँकेबिहारी की बिहार क्रान्तिकारी पार्टी का हेडक्वार्टर बनारस !...पार्टी के 'भाईजी' को पहली बार बेला ने देखा–कानपुर में। रक्त-मांस के बने सजीव क्रान्तिकारी- नेता 'भाईजी'। जिनकी दर्जनों कहानियाँ बेला सुन चुकी थी, उन्होंने पीठ थपथपाते हुए कहा था–स्वतन्त्र भारत में सबसे पहले तुम्हारी आरती उतारी जाएगी !...पार्टी के काम से बाँके बिहारी के साथ बेला को पेशावर जाना है।...फ्रंटियर मेल ! बाँकेबिहारी बनारस-बुलानाला के एक फल के व्यापारी का बेटा कहता है अपने को ! बेला उसकी नववधू है। व्यापार के सिलसिले में ही वह जा रहा है–पत्नी को देश-विदेश देखने का शौक है।...हाँ, हनीमून ही समझिए !

घर से निकलने के बाद ही बाँकेबिहारी ने 'सतीत्व' पर, पाप-पुण्य और देश की गुलामी पर बातें करते हुए कहा–सतीत्व

क्या है ? कुछ नहीं।...पाप क्या है ? पुण्य क्या है...देश को स्वतन्त्र करना ही सबसे बड़ा पुण्य है।...भूख लगती है। वैसे ही, देह की भूख है।

...यदि उस रात को कानपुर में, मनसूर साहब नहीं आ जाते तो, बाँके उसी दिन पेशावर-यात्रा की रात में ही अपनी भूख मिटा लेता।

...बाँके ने अपनी भूख मिटाई, बाद में।

...सबकुछ सह गई बेला, देश की आजादी के नाम पर ! झेल गई ! किन्तु बाँके की कायरता का फल बहुत दिनों तक भोगती रही बेला !

...सरफराज खाँ, जिससे बाँकेबिहारी अपनी पार्टी के लिए 'आर्म्स' खरीदता था—रोज आने लगा। रोज सामान, आते-दाम चुकाये जाते। फलों की टोकरियों में पैक किये जाते। सबकुछ होता, किन्तु सरफराज खाँ की आँखें बेला के आसपास ही मँडराती रहतीं।

...आखिरी किश्त ! उस दिन बाँके बेला को समझा रहा था—पार्टी का काम जिससे बिगड़े नहीं—हमें इसके लिए सबकुछ सहना होगा। बेला तर्क कर रही थी—हम पति-पत्नी होने का बहाना बनावें, यहाँ तक तो ठीक है। पर हम पति-पत्नी हो जाएँ सचमुच—यह और बात है।

—तर्क मत करो !

...तर्क मत करो। बाँके पुरुष है। तुम स्त्री...उसके जब जी में आवेगा—तुम्हारा उपयोग करेगा।...उसका चमड़े का पोर्टफोलियो-बैग है—उसे वह जब चाहता है, खोलता है, बन्द करता है। चमड़े का थैला तर्क नहीं करता। बेला क्यों तर्क करती है ?...बाँके का हाथ बेकार बैठा नहीं रह सकता। आश्चर्य ! जब उसको डर होता है किसी बात का—तब भी वह बेला को...।

...दरवाजे पर दस्तक ! बाँके ने दरवाजा खोल दिया। सरफराज ! सरफराज ने आते ही हुक्म दिया बाँके को—तुम बाहर हो जाओ।...बाँके ने चूँ शब्द नहीं किया। उसने उलटकर बेला को देखा भी नहीं। कमरे से चुपचाप निकल गया।

...दरवाजा बन्द हुआ।

...कमरे में बर्बर अफ्रीदी सरफराज की आँखें ! आँखें-ही-आँखें !

...एथलेटिक्स...फिजिकल...डिमांस्ट्रेशन...हाइजम्प...तालियों की गड़गड़ाहट...बेला जीत गई !!

...शॉट पुट...डिसकस-थ्रो...जेवेलिनथ्रो...जीत गई, जीत गई बेला !!

...कुश्ती !...नहीं, बॉक्सिंग...फिर, हौप-स्टेप एंड जम्प...तालियाँ !!

...बेटी ! अबला नहीं, शक्ति की आराधना करके सबला बनना है तुम्हें !

...फिल्ड इवेंट में सर्वप्रथम हुई बेला !

...बर्बर, दुर्निवार, अफ्रीदी जानवर से वह न जाने कब तक लड़ती रही।

—अन्त में, दाँत और नाखून...किन्तु अन्ततः वह हार गई। खून से लथपथ सरफराज, घायल भेड़िये ने उसे दबोच लिया अपने जबड़ों में।...नरक के चूल्हे...कढ़ाही में तेल खौल रहा है...बेला के अंगों को काट-काटकर कड़ाही में डालता गया...सिर पर आरा चला ...कलेजे पर कीलें...कोल्हू में पेरी गई...भाले में भोंककर झुलसायी गई !

...कुमारी बेला रानी मर गई, कोरोनेशन होटल, पेशावर के सोलह नम्बर कमरे में !

...फ्रंटियर मेल भागी जा रही है। बुलानाला-बनारस के व्यापारी का बेटा वापस लौट रहा है। उसकी नवविवाहिता वधू परदेश में आकर बीमार पड़ गई है। तेज ज्वर में बड़बड़ा रही है।

...मरी हुई बेला प्रार्थना कर रही है, बाँके बाबू इस लाश को यहीं फेंक जाओ। बाँकेबिहारी बर्फ की थैली सिर पर डाल रहा है—घबराओ मत। ठीक हो जाओगी।

...बेला के दिमाग का कोई अंश उसी दिन शून्य हुआ। अब भी शून्य है। कभी-कभी घंटों बेवजह बैठी रहती है चुपचाप।

...वह क्यों पढ़ने बैठी है, जिन्दगी के उन पृष्ठों को ?

...विभा किशनगंज में अब कोई नहीं। बेला फिर कभी नहीं लौटी। कहाँ लौटती ? किस मुँह से ?...

बाढ़ से हहाती-फुफनाती महानदी में बेला तैरने गई है। लहरों से खेलती हुई बेला को बाप बुलाता है–बेटी, अब लौट आओ ! दूर मत जाओ।...लौटो-ओ-ओ-ओ ! बे-ला-आ-आ !

बाप पुकारता रहा–बेटी नहीं लौटी, किन्तु !

...बाबा ने आत्महत्या कर ली–महानदी में डूबकर। अध-पगली माँ न जाने कहाँ चली गई। बाँकेबिहारी ने कृपापूर्वक यह सूचना बहुत बाद में दी थी। उस दिन बेला रो नहीं पाई थी। उस दिन के जमे हुए आँसू कलेजे पर लदे हैं। जीवन-भर समय-असमय इसी तरह झरेंगे, ढरेंगे। बे-मोल !!

...पापिनी ! अभी क्या हुआ ? तेरी दुर्गति अभी बाकी है। तुमने अपने गौ-जैसे बाप को कलपाया है।...देश-सेवा-वा-वा ! हा-हा...तुम्हारी आरती उतारी जा रही है स्वतन्त्र भारत में बेला देवी...सुकुमार घोष तुम्हारे पास सोएगा...आनन्द सोएगा...डाइरेक्टर सोएगा...डाइरेक्टर का किरानी सोएगा–सभी सोएँगे। तुम सेवा करोगी। तुम कुछ नहीं बोल सकतीं।...

बेला चीख रही है–श्रीमती आनन्द, आप गाली बक रही हैं !

रामरति हड़बड़ाकर उठी–दीदीजी, दीदीजी-ई-ई। सपना रही है दीदीजी ?...उठिए, पानी पीजिए।

...ओ ! पसीने से भीग गई है बेला गुप्त। प्यास से कंठ सूख रहा है–रामरति, खिड़की खोल दे।

...जाड़े में यह 'नाइट-स्वेट' ? रात में पसीना ?

क्यों ऐसा होता है ?

अन्नपूर्णा काशी की लड़की है। बेसेण्ट स्कूल में पढ़ाती है। यहाँ बाँकीपुर विश्वविद्यालय से बी. ए. की परीक्षा देने आई है। जब से अन्नपूर्णा आई है, उसको देखते ही बेला गुप्त को काशी के केदार घाट की याद आती है।...कचौड़ी गली की सोंधी गन्ध और विश्वनाथ गली की पवित्र मनोहर गन्ध छा जाती है चारों ओर।

काशी के, कष्ट के दिनों की याद भी सुख दे जाती है...सट्टीवाली बुआ, कालिका की बेटी, सुपारी-दीदी...गंगा...गंगा...महानदी !!

अब विभावती को देखते ही आँखों के सामने महानदी उमड़ने लगती है। धान-पाट के हरे-भरे खेत...उत्तर हिमालय के शिखर पर सोने के ढेर...दुर्गापूजा के बजते हुए ढोल—आओ अम्बे, आओ अम्बे—जै जगदम्बे !!

...अन्नपूर्णा पन्द्रह तारीख को चली जाएगी ?

मिस्टर बागे ने लम्बी-चौड़ी भूमिका बाँधी। श्रीमती आनन्द धीरज खो बैठी—देखो, बागे ! मुझे ठीक साढ़े नौ बजे बाहर जाना है।

बागे ने चटपट अपना प्रस्ताव सामने रख दिया।...श्रीमती आनन्द की तीन पीढ़ी को जानता है वह। और, मिस्टर आनन्द ?

पुराना घाघ है, बूढ़ा। बात समझाने के लिए इसको 'मूड' में लाना होता है। और, दूसरे के सिर पर पीते समय, डिम्पल स्काच के पाँच पेग पीकर भी मूड में नहीं आता है। एक पाइण्ट 'ओल्ड स्मग्लर' व्हिस्की उदरस्थ करने के बाद बोला–ठीक है, बागे ! मुझे एतराज नहीं। तुम ज्योति को बोलो। मेरा नाम मत बोलना।

...पाउडर मिल्क, विटामिन बी कॉम्प्लेक्स की गोलियाँ लिवर-एक्स्ट्रेक्ट, पेनिसिलिन, स्ट्रेप्टोमाइसिन, सल्फागुनाडिन...मार्किन कपड़ों की गाँठ ?...पच्चीस हजार रुपये ?

...क्या कहता है यह बागे ?

–भाभी, पच्चीस हजार क्या ? आप यदि 'सहाय' हों तो बाँकीपुर सेक्रेटेरियट के हर सेक्शन के हर बड़े साहब को आपका यह बागे उँगली पर नचाकर दिखा दे। पच्चीस हजार की क्या बात ?

–अच्छी बात। मान लो, मैं 'सहाय' हूँ। मुझसे कैसी, कौन-सी सहायता चाहते हो तुम ?

बागे ने हाथ मलना शुरू किया–भाभी !...आपके जिम्मे में तो विशुद्ध गृह-उद्योग के माल हैं। हेंहें...भा...भी... !

–फिर, बुझौवल ? खुल्लमखुल्ला क्यों नहीं बोलते ?

–दास साहब कह रहे थे कि आपके कब्जे में देहात की कुछ लड़कियाँ आई हुई हैं किसी ट्रेनिंग में ?

–आई तो हैं।...दास साहब माने, बड़े दास साहब ?

–बागे किसी छोटे दास साहब से रिश्ता नहीं रखता। दास साहब ही क्यों, सभी साहबों को खबर है। ऐसी खबर भला छिपी रहती है ?

श्रीमती आनन्द का चेहरा लाल हो गया। पता नहीं, लाज से अथवा उत्तेजना से। बागे बोलता गया–कंकड़ बाग के कान्ति चटर्जी को जानती हैं ? फूड डिपार्टमेंटवाला के. चटर्जी ? पुराना हिन्दुस्तान-टेन लेकर 'बाइपास' के रास्ते आपके सिटी सेंटर में भी जाता है। वहाँ भी उसके कई 'शिकार' हैं।...गाड़ी में आधा दर्जन

'शिकार' लाद लेता है और बेली रोड से शुरू करके कर्जन पार्क के बँगलों में अथवा पहले से तय की हुई जगहों पर पहुँचा आता है।...भाभी, जहाँ सभी बालू की दीवार बना रहे हैं वहाँ ईंट-सीमेंट का घर कोई पागल ही बना देगा। सदर-बाजार का जमाना चला गया।...भाभी, अब आपका क्या ?

श्रीमती आनन्द को अब अधिक नहीं समझाना होगा। आगे की भूमिका के पहले ही सबकुछ समझ गई थी।...अब तक 'अंजू-मंजू' के लोकगीत का लोभ देकर—जो व्यापार वह छिटपुट तौर पर कर रही थी—उसी को अब बड़े पैमाने पर—पार्टनर रखकर, कम्पनी बनाकर करना होगा। मिल्क पाउडर, विटामिन बी कॉम्प्लेक्स, स्ट्रेप्टोमाइसिन... ? पच्चीस हजार रुपये ?

...लकड़ी के बाद, यह लड़की का व्यापार !

श्रीमती आनन्द ने कहा—मुझे सोचने का समय दो बागे !

—इसमें सोचना क्या है भाभी ?

—बागे, तुम आनन्द को नहीं जानते।

बागे चला गया—शुभ संवाद देकर। लाभ की योजना बतलाते समय चतुर-चालाक आदिवासी-सन्तान बागे ने स्पष्ट शब्दों में कहा—मुझे अपने को 'दलाल' कहने में कोई शर्म नहीं। मैं इसी की कमाई खाता हूँ। दलाली मेरा पेशा है।...

...बागे ही क्यों, सभी दलाल हैं। यह दलालों की ही दुनिया है।...

श्रीमती आनन्द को नेपाल-तराई के दिन याद आए।

...ईस्टर्न-टिम्बर कम्पनी, कलकत्ता के पर्चेज-ऑफिसर मिस्टर महान्ती ने नेपाल की तराई में पहुँचकर देखा—यहाँ ईस्टर्न-टिम्बर कम्पनी के पैसे से ही दो और पॉकेट-कम्पनी बनाकर कारोबार करना आसान है।

...राणाशाही-शासनकाल में वन-विभाग का एक साधारण सुब्बा भी अपने को तीन-सरकार—प्रधानमन्त्री—समझता था। और, सारी पूर्वी तराई का एकमात्र कर्ताधर्ता 'बनजाँच' का खरदार, जेनरल

नरबहादुर ? जिसे चाहे, ठेका दे या तोड़ दे ! सारे भारत के लकड़ी के व्यापारी महीनों पड़े रहते, दल बाँधकर।...हुजूर मर्जी होस !... कृपा कीजिए प्रभु ! दयानिधे !

...दि कलिंग टिम्बर कम्पनी से 'झापा-झिलमिलिया' और 'बनखण्डी' के जंगलों का टेण्डर दिया है। दि कलिंग टिम्बर कम्पनी ने, अर्थात् मिस्टर महान्ती ने। यदि त्रैवार्षिक ठेका मिल जाए तो फिर मिस्टर महान्ती ईस्टर्न-टिम्बर की ताबेदारी क्यों करेगा ? वह हेलिकॉप्टर खरीदेगा।...किन्तु, जेनरल नरबहादुर की शर्त सुनकर मिस्टर महान्ती के चेहरे का रंग उड़ गया।

...शराब में भारतीय 'रम' और औरतों में साँवली, मोटी। ब्लेक एण्ड व्हाइट, व्हाइट हार्स, डिम्पल, हेग, ओल्ड स्मग्लर–कुछ नहीं पीता नरबहादुर। देवदुर्लभ इन अन्तर्राष्ट्रीय ख्याति की शराबों को वह 'रद्दी ड्रिंक' कहता है।...बंगाल, मिथिला और काश्मीर की सुंदरता को देखकर वह 'ठंडा' हो जाता है। उसे साँवली औरत चाहिए। लड़की नहीं, औरत। पीले, लाल और गोरे चेहरे से नरबहादुर को अरुचि हो गई है, शायद।...कैसी औरत ? बताऊँ ? ठीक, आपकी मिसेज जैसी है, वैसी ही। हू-ब-हू वैसी नहीं होने से काम नहीं चलेगा। समझे मिस्टर महान्ती, लाखों का कारबार !... हजारों-हजार सिल्लियाँ, लकड़ियाँ...सोने के बार...गिन्नियाँ !...उम्दा औरत चाहिए–मन के माफिक।

अपने दलाल-मित्र मिस्टर आनन्द के प्रस्ताव को सुनकर मिस्टर महान्ती ने कहा था–मुझे सोचने के लिए समय दो आनन्द !...तुम ज्योति को नहीं जानते आनन्द !

...आनन्द मन-ही-मन हँसा था। ज्योति को तुम ही कितना जानते हो मिस्टर महान्ती !...दो वर्ष पूर्व, जब वह महापात्र की पत्नी थी, मिस्टर आनन्द उसी समय से जानता है, ज्योति को। महान्ती साहब को क्या मालूम कि श्रीमती ज्योत्स्ना महान्ती ने, मिस्टर सोम सुन्दर आनन्द के साझे में–दि फायरवुड-सप्लायर्स नामक कम्पनी खड़ी कर ली है।...छः महीने तक तराई के भीतर

रहनेवाले महान्ती साहब–ईस्टर्न-टिम्बर के पर्चेज-ऑफिसर और कलिंग टिम्बर के प्रतिष्ठाता महान्ती साहब...पूरे चार लाख का प्रोफिट !

–डार्लिंग, पूरे चार लाख रुपये–चार ला-ा-ा-ख ?

–तुमने मुझे वेश्या समझ लिया है ? महापात्र को छोड़कर तुम्हारे साथ आई–इसका यह मतलब नहीं कि मैं अब किसी नेपाली-भूपाली...।

–ज्योति ! मुझे गलत न समझो।

–गलत नहीं, मैंने ठीक ही समझा है तुमको। कहाँ है आनन्द ? उसी के साथ जाना है न, नरबहादुर के कैम्प में ? ठीक है, मैं तुम्हारा टेंडर मंजूर करवाने जा रही हूँ।...बनखण्डी और झापा-झिलमिलिया के जंगलों के ठेके...चार लाख का मुनाफा चाहिए तुम्हें ?

...सचमुच, नरबहादुर को गोरी चमड़ी से अरुचि हो गई थी। अपनी रुचि की चीजों को सामने देखकर वह टूट पड़ा था।... कौन-कौन जंगल चाहिए ? बनखण्डी ! ठीक है, मिल जाएगा। समझो, मिल गया। और ? झापा-झिलमिलिया ? वह भी मिल जाएगा।...जेनरल नरबहादुर असल छत्री है। जो बोलेगा, करेगा। सिर्फ तुम्हारे लिए !

...बनखण्डी और झापा-झिलमिलिया के जंगलों के ठेके मिल गए। दि कलिंग टिम्बर कम्पनी को नहीं...दि फायरवुड-सप्लायर्स को ? महान्ती साहब की ईस्टर्न कम्पनी को इस बार एक भी टेंडर मंजूर नहीं हुआ।

...मिस्टर महान्ती ने तराई के अन्दर ही यह संवाद सुना। किसी फायरवुड-सप्लायर्स ने बाजी मार ली।...ज्योति से भी ज्यादा उम्दा औरत मन के माफिक कहाँ से ले आया यह फायरवुड- सप्लायर्स ? त्रैवार्षिक ठेका ?

...महान्ती फिर तराई से लौटकर आबादी में नहीं आया कभी। ...कभी नहीं आएगा।

किन्तु श्रीमती ज्योत्स्ना महान्ती और सोम सुन्दर आनन्द का

'फायरवुड-सप्लायर्स' वाला कारोबार तीन वर्षों तक नहीं चल सका। दो ही वर्षों के बाद 1950 में राणाशाही के खिलाफ सशस्त्र क्रान्ति हो गई।

अपना और अपने पति का सारा कारोबार समेटकर वह सोम सुन्दर आनन्द के साथ कानपुर गई। वहीं, श्रीमती महान्ती से श्रीमती आनन्द भी हुई।...

पाँच वर्ष हुए यहाँ आकर मिस्टर आनन्द ने 'उत्तरांचल ट्रांसपोर्ट सर्विस' शुरू की है। कलकत्ता, दिल्ली, पटना, बनारस से काठमाण्डू, माल ढोनेवाली सर्विस ! नेपाल में, पुराने अफसरों से रिश्ते कायम हैं,...इसलिए बाँकीपुर के प्रथम श्रेणी के नागरिकों में जगह बनाते देर नहीं लगी मिस्टर आनन्द को।

बातचीत करते समय बागे की उलझी हुई आँखों को अपनी छातियों से परे हटाया, कई बार।...सबकुछ कहने के बाद भी बागे ने कोई बात मन में रख ली है, शायद।

—और कुछ ?

—और...और...आपकी वह बेला गुप्त !

—क्यों, उसकी क्या जरूरत पड़ी ?

—एक सेंट्रलवाला मामला है। हबीब साहब, बस सपने में भी बेला गुप्त को ही देखते हैं। कहते हैं उसको देखते ही एक सुरूर छा जाता है।

—अच्छा ? लेकिन...तुम्हारे इस प्रपोज्ड-बिजनेस में सबसे ज्यादा डर बेला गुप्त का है। समझे ?

--वह तो आपके हाथ में है। वह आपका काम है।

—मेरा काम ?

—हाँ ! नहीं तो, काम तो स्टोर और ट्रांजिट के बीच ही हो जाएगा।...कुछ इन्क्रीमेंट का लोभ दिखाइए, तरक्की की उम्मीद, इनाम...आप तो जानती ही हैं।

श्रीमती आनन्द सोच में पड़ गई।...फिर बेला गुप्त ?

—उसको खुश रखिए, अभी कुछ दिन। बाद में, फिर देखा

जाएगा !

...बोक्री का कारोबार ?

—अब्दुल !

—हजूर।

—गाड़ी निकालो।

मिस्टर आनन्द, किसी अवैध व्यापार के सिलसिले में ही काठमाण्डू गया है।...सत्यमेव जयते। सरकारी कैलेण्डर के राज्यचिह्न के ऊपर लिखित इस आर्षवाक्य को पढ़कर श्रीमती आनन्द हँसती है—सत्यमेव जयते, सत्यमेव...।

...बेला को खुश रखना होगा ?

...श्रीमती आनन्द ने सुखमय घोष को सिखा-पढ़ाकर बेला को 'इनसल्ट' करने के लिए भेजा था।...घोष ने कहा है, ट्रेनिंग में आई हुई लड़कियों को वह ठीक कर देगा।

...किन्तु तंग करने पर भी यह चुड़ैल इस्तीफा देकर नहीं भागेगी।...भागेगी कैसे ? ऐसा क्वार्टर कहाँ मिलेगा ?

गाड़ी होस्टल के फाटक पर पहुँची। श्रीमती आनन्द को बागे की बात याद आई है—उसको खुश रखिए, अभी कुछ दिनों तक।

बेला गुप्त को अचरज हुआ। श्रीमती आनन्द आज असमय में क्यों आई है—सीधे बेला गुप्त के क्वार्टर में फिर ? गाली...?

—बेला, एक गिलास पानी पिलाओ।

रामरति और मुनिया भी अचरज में डूब गई।...आज तो बड़ी मेम का मन-मिजाज एकदम बदला हुआ है।

पानी पीने के बाद, रूमाल से ओठों को पोंछती हुई, श्रीमती आनन्द बोली—बेला, तुमने ठीक ही कहा था। काम के साथ ही ब्लड-प्रेशर इतना बढ़ेगा—मुझे क्या मालूम ?

बेला गुप्त ने कहा—मैं आज ही आपके पास जा रही थी।

—क्यों, कोई जरूरी काम...?

—जी, इन ट्रेनी-लड़कियों के आने के बाद रोज एक-न-एक समस्या खड़ी हो रही है। डाइरेक्टर साहब ने कहा था, बाद में

अतिरिक्त नियम-कानून...।

—देखो बेला, मीटिंग और बैठक में पास करवाने के भरोसे रहोगी तो कुछ नहीं कर सकोगी। जो उचित समझो, करती जाओ। बैठी मत रहो।...और सुनो, घोष को मैंने मना कर दिया है, वह नहीं आवेगा। आनन्द, अंजू-मंजू को डॉक्टर के पास ले गया था। अब वह भी नहीं आवेगा।...मैंने उस दिन तुम्हारे जीजा को कम डाँटा है ? लेकिन, बेला ! वह तुमसे मिलने जरूर आवेगा। कह रहा था, बेला-जैसी साली...हँ हँ हँ हँ !

श्रीमती आनन्द हँसी। बेला के ओठों पर मुस्कुराहट अंकित रही—पूर्ववत्।

—और, लगता है, तुमने डाइरेक्टर साहब पर भी जादू कर दिया है। कह रहे थे—बेचारी का काम इतना बढ़ गया है !

रामरति और मुनिया के बारे में श्रीमती आनन्द बोली—मैंने यों ही धमकाने के लिए नोटिस दी थी।...देखो, इन दाई-मेहतरानियों को बीच-बीच में धमकाना बहुत जरूरी है।...रामरति को छुट्टी के पैसे दे देना और यह बूढ़ी मुनिया इस बुढ़ापे में कहाँ जाएगी ? आँख जँचवाने की जरूरत नहीं।

श्रीमती आनन्द बेला गुप्त के साथ 'दाईकित्ता' में गई। छुट्टी का दिन है। रुक्मिणी को छोड़कर सभी ट्रेनी-लड़कियाँ कित्ते में ही हैं।

तीनों अधेड़ महिला एक ही साथ आगे बढ़ आईं—सलाम बड़ी मेम साहब !

कुन्ती देवी ने कहा—बड़ी मेम साहब, रात में अलाव लगाने का हुकुम नहीं दीजिएगा तो मच्छड़ धुनकर खा जाएगा हम लोगों को। धुआँ से मच्छड़ तनिमनि हटा रहता है। औडर दिया जाय...।

—औडर बड़ी मेम नहीं, छोटी मेम से माँगो।

—छोटी मेम कहती है, बड़ी मेम...।

श्रीमती आनन्द ने मुँह विकृत करके कुन्ती देवी की बात अनसुनी कर दी। मुस्कुराती हुई गौरी देवी पर श्रीमती आनन्द की

दृष्टि पड़ी और बड़े दास साहब की बात याद आई। बागे की बात...आपके पास विशुद्ध ग्रामोद्योग के माल हैं।

—क्या नाम है तुम्हारा ?

बेला गुप्त को इन लड़कियों से हमदर्दी है। हुँ, सारी हमदर्दी निकालेंगी—यही लड़कियाँ। ठहर जा।...अभी तो तुमको खुश रखना है।

...बागे ठीक ही कहता था। गाँव की इन भोली-भाली दीखनेवाली लड़कियों को देखकर पुराने पापियों के मुँह में जरूर राल भर जाती होगी।...गौरी देवी, विभावती, श्यामा !!

...क्या हो गया है श्रीमती आनन्द को ? आज तो लगता है, रमला मौसी ही उसकी जीभ पर आ बैठी है। जाते समय कह गई—बेली ! अपने जीजा को एक दिन स्टू बनाकर क्यों नहीं खिलाती ? बेचारा रोज बोलता है—स्टू तो बेला ही बना सकती है।

मुनिया कहती है—जो भी कहो, बड़ी मेम का भीतर एकदम साफ है। सादा दिल !

रामरति बोली—सादा दिल नहीं, और कुछ। इस मौगी के मन का थाह तुम पाओगी ?

जमादारिन चिल्ला रही है—फेनाइल खतम हो गया।...महीना नहीं बढ़ाइएगा तो अब हमसे काम नहीं होगा। हाँ, मैं कह देती हूँ।

बेला गुप्त ने देखा, विभावती खड़ी है।

—क्या है विभा ? अन्दर आओ।

विभावती अन्दर आई—दीदीजी...।

—क्या है ?

—वह कुन्ती देवी...बहुत...वैसी है।

—क्या है ? कैसी है ?

—उसकी आदत ठीक नहीं। या तो हम लोगों को दूसरे कमरे

में भेज दीजिए या कुन्ती देवी को।...रात में वह सोने नहीं देती है।

—क्या करती है ? धुआँ करती है ?

विभावती का मुखड़ा तमतमा गया—जी...जी नहीं। वह हम लोगों के पास आकर सो जाती है। फिर...। मेरे पास और चन्द्रमोहिनी के बिछावन पर भी। रुक्मिणी और कुन्ती देवी हमेशा खराब-खराब बातें बोलती रहती हैं।

बेला गुप्त को तुरत बाँकीपुर नर्सेस-क्वार्टर की घटनाएँ याद आईं। स्टाफ मेस भी इसी तरह अपने कमरे की लड़कियों को तंग किया करती थी।

बेला गुप्त चुप रही। फिर बोली—कुन्ती देवी को भेज दो जाकर। नहीं, तुम जाओ।...रामरति ! कुन्ती देवी को बुलाना।

कुन्ती देवी आई।

—कुन्ती देवी ! आपके कमरे में चार लड़कियाँ हैं न ? आप और रुक्मिणी बगलवाले कमरे में जाइए। अभी खुलवा देती हूँ।

कुन्ती देवी बोली—क्यों, क्या बात हुई छोटी मेमजी ?

—कुछ नहीं। जाइए। अपना सामान निकालिए।

—किसी दूसरी लड़की को भेज दीजिए। मैं जहाँ हूँ, वहीं रहूँगी।

—नहीं, दूसरी लड़की नहीं जाएगी। कोई नहीं जाएगी। रुक्मिणी भी नहीं। आप अकेली...।

—यह अन्याय है।

—चुप रहिए। लाज नहीं आती ?

—लाज किस बात की आवेगी ?...मेरा क्या पेट फूला है ?

—कुन्ती देवी !

—वह लौंडिया, विभावती आपके कान में फुसफुसाकर न जाने क्या-क्या लगा गई और आपको परतीत हो गया ? एकतरफा बात सुनकर किसी को जरेबार नहीं करना चाहिए।

बेला गुप्त बोली—उस कमरे में नहीं जाइएगा तो फिर यहाँ कहीं जगह नहीं मिलेगी।

—सो काहे ?—इस बार कुन्ती देवी का गला तेज हुआ।

बेला गुप्त ने कहा—आप रात में लड़कियों को तंग करती हैं ?

—क्या तंग करती हूँ।...जुलुम बात ! जनाना होकर जनाना को क्या तंग करेगी कोई ? देखिए, छोटी मेम—यह सब शहरी चाल-चलित्तर हम लोगों को नहीं मालूम है। यहाँ होता होगा वह सब। हम लोग देहात की हैं।...जरा सुने न—क्या तंग करती हूँ।

घृणा से बेला गुप्त ने मुँह विकृत कर लिया।

—रामरति ! रुक्मिणी आई है ? बुलाओ।

कुन्ती देवी बोली—हाँ, बुलाइए रुक्मिणी को। पूछिए।

रुक्मिणी आई—क्या है दीदीजी ?

बेला गुप्त के कुछ कहने के पहले ही कुन्ती देवी बोली—सुनती हो रुक्मिणी ! तुम और मैं मिलकर रात-भर उस मुँहजली बंगालिन और 'चूतड़-चालाक' विभावती को तंग करती हूँ। सुनोगी और कुछ... ?

—आप चुप रहिए।...रुक्मिणी, तुम और कुन्ती देवी मिलकर क्या सब गन्दी बातें बोलती रहती हो ?

रुक्मिणी पूर्व बाँकीपुर की लड़की है, पुरैनियाँ जिला के गाँव की नहीं। उसने ऐसा मुँह बनाया मानो आकाश से गिरी हो—गन्दी बातें ? कौन कहती है ? विभावती ? चन्द्रमोहिनी ?...तो, सुनिए, मेम साहब ! विभावती रोज क्लास में गलती करती है। पीजी, पीभी, पीआर सब गड़बड़ा जाती है। इसलिए उसको मैं माने बतला रही थी। पीभी का माने।

विभावती और चन्द्रमोहिनी बाहर खड़ी थीं।

चन्द्रमोहिनी बोली—यह झूठ बोलती है, दीदीजी ! यह हर सोमवार को घर से आते ही अपने-आप बकना शुरू करती है।

—क्या बकती हूँ ?

—अभी क्या बोल रही थीं तुम ?

—अरी वाह रे लड़की ! अब कमर में दर्द हो तो नहीं बोलूँगी कि कमर में दर्द है ? बड़ा आई है किसी का मुँह बन्द करने ! मेरा

मुँह मत खुलवाओ, नहीं तो खोलकर रख दूँगी, सबकुछ—हाँ ! छोटी मेमजी, पूछिए इस चन्द्रमोहिनी से, यह बस-ड्रैबर के बगल में सटकर क्यों बैठती है रोज आगे में—पूछिए, सभी लड़कियों से।

कुन्ती देवी रोने लगी—आज ही लिखती हूँ उस मर्द को। खूब ट्रेनिंग के लिए भेजा है ! नहीं लूँगी ऐसी ट्रेनिंग...।

बेला गुप्त ने कहा—रुक्मिणी, तुम और कुन्ती देवी बगलवाले कमरे में अपना डेरा ले जाओ।...कुछ नहीं। मैं कुछ नहीं सुनना चाहती।...रामरति, तीन नम्बर कमरा खोल दो, जाकर।

—कुछ नहीं सुनिएगा और किसी को बिला-कसूर हलाल कर दीजिएगा ? मैं अभी बड़ी मेम के पास जाती हूँ। हम लोग गरीब हैं तो क्या एकदम गुड़हट्टा की कस्बिन हैं ?

रामरति अब तक चुप थी। इस बार बोली—हल्ला-गुल्ला, रोना-पीटना अपने कित्ता में जाकर कीजिए।...गुड़हट्ट की कस्बिन सब भी अब आवेगी, ट्रेनिंग में। देखिएगा।

बेला गुप्त के क्वार्टर से बाहर निकलकर कुन्ती देवी विभावती पर टूटी। फूहड़ मुद्रा बनाकर बोली—चुगली खाती है ? छोटी मेम से यह क्यों नहीं कहा कि कुन्ती देवी औरत नहीं, मर्द है !...

कुन्ती देवी !—बेला गुप्त चीख पड़ी इस बार।

प्रोफेसर रमा निगम ने आज नये डिजायन का कुंडल पहना है, कान में। हवा में हिलता-डुलता रहता है, हमेशा।...काँपता हुआ व्यक्तित्व !

मिस रेवा वर्मा से उसकी बातचीत बन्द थी। उस रात को पटनेश्वरी देवी और शिप्रा मजुमदार ने मिलकर दोनों में मेलजोल करवा दिया है।...पहले तो एक पान को दो टुक करके खाती थीं, आपस में।

प्रोफेसर रमा निगम और रेवा वर्मा में बहुत घनिष्ठता थी। दोनों एक ही कमरे में रहती थीं। एक-दूसरे की चीजों का व्यवहार करती

थीं। प्रोफेसर निगम रेवा वर्मा के प्रेमी के पत्रों को बिना पूछे खोलकर पढ़ती थी। फिर पत्र का उत्तर लिखने में मदद भी करती थी। दोनों एक-दूसरे को अपनी प्रेम-कहानियाँ सुनाती थीं। इधर कई महीने से हठात् दोनों में बोलचाल, न जाने क्यों, बन्द हो गई।

—कारण-वारण कुछ नहीं। मिस वर्मा कहती—अब बतलाइए, रेडियो का प्रोग्राम देना मेरे हाथ में तो नहीं। मैंने 'नारी-संसार' की इन्चार्ज मिसेज शर्मा से कई बार कहा। उन्होंने कुछ ध्यान ही नहीं दिया...कौन है यह प्रोफेसर निगम ? अब मैं क्या करूँ ? मैं एस. डी. तो नहीं कि इनको प्रोग्राम का कण्ट्रैक्ट देकर खुश करूँ।

प्रोफेसर निगम हाथ में एक बादामी कागज लेकर आई—रेवा ? देखो तो—इसमें कहाँ क्या लिखना है और कहाँ क्या काटना है ?

—क्या है ? अरे, यह तो कण्ट्रैक्ट है !

प्रोफेसर निगम बोली—हाँ, अभी आया है डाक से। इसको डाक से ही भेजूँ या तुम्हारे हाथ ?

रेवा वर्मा कण्ट्रैक्ट पढ़ने लगीं—स्कूल-प्रोग्राम...सरल-भाषा में पंचतन्त्र की एक कहानी। समय—पाँच मिनट, फी—पन्द्रह रुपये मात्र !

प्रोफेसर निगम मन्द-मन्द मुस्कुराई। अर्थात्—देखो, घर बैठे रेडियो-प्रोग्राम मिला या नहीं ?

मिस रेवा वर्मा ने अपने मन की बात छिपा ली। बोली—चलिए। बहुत दिनों से आप प्रोग्राम-प्रोग्राम रट रही थीं !...तो, मोदी से आपकी जान-पहचान कब हुई ?

—कौन मोदी ?

रेवा हँसी—रेडियो स्टेशन के 'बाल-गोपाल' प्रोग्राम के 'लाल भाई'।

—अच्छा ? लाल-भाई का नाम मोदी है ?

—पहले यह बतलाइए कि लाल-भाई से कहाँ भेंट हुई ?

—हमारे कॉलेज के उत्सव में रेकॉर्ड करने आए थे।...लेकिन तुम इस तरह खोदकर क्यों पूछ रही हो ?...हँसती क्यों है ?

—लाल-भाई का एक नाम और है—रजिस्ट्रार साहब। इसीलिए

पूछ रही थी।...खैर, अब चिन्ता की कोई बात नहीं। उनके रजिस्टर में नाम चढ़ गया है, अब बराबर प्रोग्राम मिलता रहेगा।

प्रोफेसर निगम आज बहुत प्रसन्न है। बात-बात पर हँसती है—लेकिन वे तो प्रोड्यूसर हैं।

—प्रोड्यूसर नहीं, डाइरेक्टर जेनरल ! भाई, यह महज मामूली स्टाफ-आर्टिस्ट है।

—तुम भी तो स्टाफ-आर्टिस्ट हो ?

—हमारे प्रोड्यूसर लोग भी स्टाफ-आर्टिस्ट हैं। और, सारंगी बजानेवाला शुबराती खाँ भी। बात यह है रमा बहन कि वह पुराना है, लोकल है और सभी कामों को अच्छी तरह जानता है। रेकॉर्डिंग, डबिंग, अनाउंसिंग से लेकर इफेक्ट—सभी कामों में माहिर !

प्रोफेसर निगम को विश्वास नहीं हुआ। निश्चित ही रेवा मन में जलकर खाक हो रही है।

अचानक रेवा वर्मा को मानो कुछ खयाल हुआ। धीमे-से बोली—देखो रमा बहन, उससे कुछ मत कहना।

—क्या नहीं कहूँगी ?...देखो रेवा, इसी बात पर अभी कुछ कह बैठूँ तो तुम नाराज हो जाओगी। आधी बात जीभ पर और आधी पेट में—यह अच्छी बात नहीं।

प्रोफेसर निगम की आत्मीयता-भरी बोली सुनकर रेवा वर्मा बोली—जब इतना पूछती हो तो कहती हूँ, लेकिन उससे कहना मत।...वह मोदी मशहूर 'हण्टर' है।

—अच्छा-आ-आ ? देखने में तो एकदम इन्नोसेंट-जैसा लगता है !

—एकदम इन्नोसेंट ! उसको तो नरक में भी जगह बहुत मुश्किल से मिलेगी। जानती है रमा बहन, आजकल पाँच प्रेमिकाओं की आँखों का अकेला नूर है, वह।

प्रोफेसर निगम हँसने लगी। बिछावन पर लुढ़क गई।

—रेवा, तुमको तो 'पोयेट्स' होना चाहिए।

—रमा बहन, मोदी के काण्ड-कारबार का पुंखानुपुंख-वर्णन किया

जाय तो एक महा-उपन्यास हो जाय।

—तो लिख क्यों नहीं डालती ? महान उपन्यास-लेखिका बन जाएगी मुफ्त में ही।

रेवा ने चुटकी ली—रमा बहन, वह काम तुम्हारे लिए छोड़ दिया है।

—हँहँहँहँ !! प्रोफेसर निगम लय और ताल में हँसी।

मिस रेवा वर्मा ने—देर से ही सही—समझ लिया—'लाल-भाई' दूर नहीं, प्रोफेसर निगम के पहलू में बैठे हैं—यहीं।...आज जाते ही मोदी को मुबारकबाद देगी रेवा।

—तो, पाँचों रेडियो स्टेशन की ही हैं ?

—रेडियो स्टेशन की माने ? हाँ, प्रोग्रामों में आती हैं। जैसे अब आप जाया करेंगी।

—मार खाएगी, रेवा !

—मार नहीं, मैं मिठाई खाऊँगी।

...सचमुच मिठाई मँगा रही हैं प्रोफेसर निगम ?

कमरे में पटनेश्वरी देवी और शिप्रा मजुमदार ने एक ही साथ हड़बड़ाकर प्रवेश किया—अरे जानती हो ? डोरोथी की शादी हो गई !

—डोरोथी की शादी ? कौन डोरोथी, हम लोगों की 'नम्बर प्लीज' डोरोथी ?

—इसीलिए छुट्टी लेकर गई है—लम्बी ?

—किससे ? कहाँ ?

—रेलवे गार्ड है। गया में...।

—चलो, एक यहाँ बाँकीपुर में ट्रंक-कॉल का नम्बर भिड़ाएगी और दूसरा उधर लाल-हरी झण्डी हिलाकर गया से मुगलसराय संटिंग करेगा—इंजन !

रेवा वर्मा की बात पर सभी हँस पड़ीं।

रेवा वर्मा बोली—चलो, इसी बात पर यहाँ आज मिठाई बँटके रहेगी।...रामरति ! रमा बहन बुला रही हैं।

—पाँच रुपये की मिठाई ले आओ। क्यों रेवा, नमकीन भी ?

रामरति चली गई। तब प्रोफेसर निगम ने कहा—अच्छा रेवा, जब कोई बेचारा वहाँ जमशेदपुर में नाइट-कॉलेज में पढ़ाता रहेगा और यहाँ कोई कहेगी—'यह आकाशवाणी है', तब ?

—तब, आप 'लाल-भाई' से मिठाई वसूल कर मुझे खिलाएँगी।

पटनेश्वरी देवी और शिप्रा मजुमदार को आश्चर्य हुआ...यह 'लाल-भाई' कौन है ?

'दाईकित्ता' में भी इस शादी की सूचना पहुँची।

जानकी देवी बोली—सुनते हैं कि ऊपरवाली में से किसी एक की शादी हुई है आज। रामरतिया एक टोकरी पूरी-कचौरी और मिठाई ले जा रही थी।

कुन्ती देवी आजकल दिन-रात सभी से कुढ़ी रहती है। उसने बड़ी मेम के पास जाकर शिकायत की। बड़ी मेम ने भी कुछ नहीं सुना। रुक्मिणी छुट्टी लेकर घर गई है। कुन्ती देवी अकेली रहती है। किसी से नहीं मिलती। किन्तु दिन-भर सभी को लक्ष्य करके बातें फेंकती रहती है। वह अपने-आपसे बातें करने लगी—शादी हुई तो तुम लोग जाकर नाचो। मिठाई बँट रही है। जाओ, मिलेगी सभी को। ऐसी जीभ में आग लगे। मैं किसी से नहीं कहती।...शादी तो इस कित्ते में भी होगी। देखना, आँखें खोलकर।

जानकी देवी हँस पड़ी। कई दिनों से कुन्ती देवी से कोई गप नहीं हो सकी है। बोली—ले-ले। ले भला। तो, मुझसे क्यों झगड़ती है कुन्ती देवी ?

तारा देवी पहले से ही कुन्ती देवी के पास बैठी थी। असल में बड़ी मेम के किरानी बाबू ने जो कुछ भी कहा है, उस पर अमल करने के पहले कुन्ती देवी का मन टटोलने आई थी। इसी बीच जानकी देवी आ गई।...इस जानकी देवी का कोई ठीक नहीं। कभी इधर, कभी उधर। डगरे का बैगन है !

जानकी बोली—विभावती को छोटी मेम बहुत मानने लगी है। आज चाह भी पिलाया है।

तारा देवी ने कहा—और, गौरी ? वह तो तरकारी खा आई है मछली की !

कुन्ती देवी से भी बड़ी मेम के किरानी बाबू ने कुछ कहा है ! वह अभी मन में ही रखेगी उस बात को। वह बोली—बड़ी मेम दिल्ली जा रही है। दिल्ली से बम्बै—एक महीने का सफड़।

—तो, एक महीना यह छोटी मेम ही राज चलावेगी ?

—नहीं तो, तुमको दे जाएगी राज-पाट। कुन्ती देवी हँसी।

जानकी देवी धीमे स्वर में बोली—अच्छा, छोटी मेम का कुछ पता चला कि कुमारी है या बेवा या क्या है ?

—न कुमारी, न बेवा, सदा सुहागिन।

हलकी हँसी एकान्त में कुछ देर तक हिलकोरें लेती रही। तारा देवी बोली—देखती नहीं है, रोज शाम को एक घण्टा-डेढ़ घण्टा गायब रहती है।...अण्डा-मछली की गर्मी उतारे बिना बाँकीपुर की गर्मी कैसे बर्दाश्त कर सकती है।

जानकी देवी ने कहा—साँझ में तो, सुनती हूँ कि किसी संन्यासी-आश्रम में जाती है। रामरति बोलती थी।

—संन्यासी-आश्रम में ही तो भोग...।

कुन्ती देवी बात नहीं पूरी कर सकी। सभी हँस पड़ीं।

तीनों अधेड़ महिलाओं के मन से दुराव-छिपाव का भाव दूर हो गया। कुन्ती देवी ने बीड़ी-माचिश निकालकर सामने रख दिया। तीनों महिलाओं ने बारी-बारी से बीड़ी सुलगाया।

तारादेवी बीड़ी पीते समय बहुत थूक फेंकती है। एकदम लगावेगी, फिर खाँसेगी और थूकेगी। जानकी देवी को यह आदत बड़ी घिनौनी लगती है। लेकिन आज इस ओर उसका ध्यान नहीं गया।

—बड़ी खटाँस है !

—नम्बरी मक्खीचूस !

—ऐसी औरत 'भितर-छिनाल' होती है।

—'चूतड़-चालाक' भी है।

—इससे ऊपरवाली सब भी चिढ़ी रहती हैं।

—बूढ़ी मुनिया और उसकी बेटी रामरतिया दोनों माँ-बेटी ने तो मानो मुट्ठी में कर रखा है इसको।

—अन्दर-ही-अन्दर हिस्सेदारी होगी।

—चुप ! गौरी आ रही है।...गौरी के हाथ में क्या है ?

गौरी हँसती आई—सुरती सहुआइन का परसाद है। सभी के लिए एक-एक सिंघाड़ा और मेंहींदाना।

कुन्ती देवी ने गौरी की ओर आँखें उठाकर देखा भी नहीं।

कुन्ती देवी को डर है, यह लड़की भी किसी दिन कुछ कह दे सकती है। पाँच-सात दिनों तक कुन्ती और गौरी देवी अकेले ही थीं—ट्रेनिंग शुरू होने के समय।...यह लौंडिया इतनी चालाक कि रात में बगल के कमरे में सोने लगी।...

कुन्ती देवी बोली—मैं नहीं खाती वह सब।

गौरी बोली—तो सुरती सहुआइन ने तेरा क्या बिगाड़ा है, कुन्ती मौसी ?...हरिजन तो वह मुझे समझती है।

—मुझे मौसी-पीसी मत कहे कोई।

—क्यों री गौरी ! छोटी मेम के घर कोंहड़े के लत्तर की भाजी कैसी बनती है—सूखा या रसदार ? छोटी मेम खुद बनाती है।

—उँहु ! खुद नहीं बनाती है—बनाता है उनका वह डिब्बावाला... क्या नाम है भला—कूकड़ ! सभी चीजें डाल देती है एकसाथ। और जब उतारती है तो भात अलग, दाल अलग, तरकारी अलग।

गौरी देवी भाँप गई...यहाँ कोई अदगोई-बदगोई चल रही थी। जहन्नुम में जाएँ। वह हँसती आई थी और मुस्कुराती वापस गई।

जानकी बोली—एक बात पर तुम लोगों की नजर गई है ?

—किस बात पर ?

—वहाँ जनाना अस्पताल में ?

तीनों महिलाएँ फिर हँसीं—ओ-ओ !

ट्रेनी-लड़कियों के कई क्लास जनाना अस्पताल में होते हैं। वहाँ के कई मर्द डॉक्टर और स्टुडेंट गौरी देवी के इर्द-गिर्द मँडरा रहे हैं।

...यही न ? देखा है, देखा है। सभी की नजर गई है। यहाँ तक कि डॉक्टर चाको मेम साहब की भी...।

—रुक्मिणी का घरवाला यहाँ का नामी छुरेबाज है।

रुक्मिणी छुट्टी लेकर घर गई है।...अब यहाँ नहीं रहेगी, शायद।

बच्चों की किलकारियों से सेंटर का एक कोना मुखरित है।

सुबह आठ बजे के पहले ही मिल्क-सेंटर में दूध पीनेवाले बच्चे जमा हो जाते हैं। बेला गुप्त को सभी नये-पुराने बच्चों के नाम याद हैं।

आठ बजे से साढ़े नौ बजे तक इन्हीं बच्चों के पीछे लगी रहती है—अरी ओ किशोरी, अपने भाई को सँभाल। गिर पड़ेगा।... लतीफ, फूल नहीं तोड़ते। बेंच पर बैठो जाकर।...जहाना, कटोरी ले आ। गोली मिली है न ? ले आ शीशी। इधर।...ए-ए राधेश्याम—तू मार

खाएगा। ला, रामरति राधेश्यमवाँ को कोई यहाँ ले आ। कल से तू मत आना। लड़कियों को गाली देता है ?...

फूलपतिया की छोटी बहन—पाँच साल की बुलबुलिया अपने कुत्ते के बच्चे को ले आई है, गोदी में। दुबला-पतला रोगी पिल्ला—ए बुलबुल ! हँटा उस गन्दे पिल्ले को।

बुलबुल बहुत निडर लड़की है। तुतलाकर कहती है—इथ, काहे हन्ताम। पैथा लेके कात बना दिदिए न हमाले लाकेत कुमाल को।

—क्या नाम है इसका ? क्या कहा—कौन कुमार ?

फुलपतिया हँसती है, बतीसों दाँत निकालकर। हँसती हुई बोली—जी, रॉकेट कुमार !

—ए-ए-हे, राकेट कुमार ना रिकेट कुमार। कार्ड बना दीजिए ! ला, कहाँ है पैसा देखूँ ?

बुलबुल सचमुच हाथ में इकन्नी ले आई।

फुलपतिया बोली—बगल के पगलू दादा ने नाम रख दिया है।

बेला गुप्त ने हँसकर कहा—दे-दे रामरति, आधा डब्बू दूध इसके रॉकेट कुमार को।

बुलबुल तुनुककर बोली—आधा दब्बू काहे...?

—अरी भाग ! पगलू दादा इसे भी पगली बनावेंगे।

बुलबुल अपने रॉकेट कुमार के लिए बर्तन ले आई है। रामरति ने आधा डब्बू दूध डाल दिया। चटर-चटर करके तुरत पी गया। और रामरति की ओर नहीं—बेला गुप्त को देखने लगा।

—नहीं। और नहीं। कड़ाही-भर दूध पी जाएगा फिर भी तेरा पेट नहीं भरेगा।...बुलबुल, इसे सुपारी जलाकर खिला। पेट निकला हुआ है इसका।

दूध बाँटने के बाद ही बेला गुप्त, हेल्थ-विजिटर और मिडवाइफ की टोली के साथ 'एरिया' के राउंड में जाती है। हेल्थ-विजिटर नई 'पीजी मदर' (गर्भवती माता) खोजेगी। बातें करेगी।...कहीं स्वागत होगा। कहीं झिड़की सुनेगी। हँसेगी, सहेगी। शान्त-शिष्ट होकर समझावेगी।...मिडवाइफ और मेटेरनिटी-सेंटर से मिलनेवाली सुविधाओं

के बारे में बताएगी। कभी, मुहल्ले की गन्दी धाई- चमाइनों की गालियाँ सुनेगी—आ गई मेमिनियाँ-सब। खूब कोख खाती फिरो घूम-घूमकर डायन सब—कहती है, बच्चा कम पैदा करो।...

बेला गुप्त साथ में रहती है तो चमाइनें चुप रहती हैं।

बेला गुप्त मिल्क सेंटर में दूध पीनेवाले बच्चों के घर जाती है। बीमार बच्चों को सेंटर में—शनिवार के दिन आने को कहती है। डॉक्टर चाको अगस्त महीने से सप्ताह में एक दिन चिल्ड्रेन्स-क्लिनिक लेने लगी हैं, सेंटर में।...शिल्प-केन्द्र में मुफ्त में सिलाई-कटाई सीखने के लिए—महिलाओं को बुलाती है।

...दोपहर को लौटकर एक घड़ी भी जो शान्ति मिले बेला गुप्त को।

—रामरति ! कौन है ?

—रुकमिनी का घरवाला है। आपसे बात करना चाहता है।

रुक्मिणी का पति फटफटिया-गाड़ी चलाता है। उसने आकर भद्रतापूर्वक नमस्कार किया। बोला—हुजूर ! हमारी वाइफ आज सतनारायन-कथा करवा रही है। सो, कुन्ती देवी, जानकी देवी और गौरी देवी को कथा सुनने के लिए बुलाई है।

बेला गुप्त बोली—देखिए, उन लोगों की छुट्टी डॉक्टर चाको मेम साहब से जाकर लीजिए।

—हुजूर हैं तो फिर डॉक्टर चाको...।

—नहीं। डॉक्टर चाको ने कहा है कि बिना उनके पुर्जे के किसी लड़की को छुट्टी नहीं दी जाय। आप पुर्जा ले आइए।

रुक्मिणी का पति कुछ कहना चाहता था। बेला गुप्त अपने कमरे में चली गई।

—दीदीजी ! शारदा कुमारी का मुलाकाती आया है।

—कौन है शारदा का ?

—कहती है कि चाचा है।...चाचा ही होगा। एकदम देहाती है। कम्बल-लोटा वाला...।

—शारदा कुमारी को भेजो।

—जी, दीदीजी, गोड़ लगती हूँ, दीदीजी !

शारदा कुमारी इस तरह थर-थर क्यों काँप रही है ?

—जी दीदीजी, काका आए हैं गाँव से दही-चूड़ा लेकर।...अथि में अथि लगा हुआ है यहाँ।...

—फिर अथि ? किसमें क्या लगा हुआ है ?...तुम इस तरह थर-थर क्यों काँप रही हो ?

—दीदीजी, काका ! यहाँ अथि में...हाईकोर्ट में मोकदमा लगा हुआ है।

—वहाँ बड़े कमरे में ले जाओ—बैठाओ।

कूकर के डिब्बों से गर्म भात और आलू निकालकर खाने बैठी बेला गुप्त। रामरति आई—दु-तीन गो क्रिस्थान साहब लोग 'टेलिफोनी-दीदी' को फूल देने आए हैं।

—तो, कह क्यों नहीं दिया कि डोरोथी दीदी छुट्टी में हैं। और, शादी यहाँ नहीं—गया में हुई है।

—बोली तो, कहते हैं कि अब यह फूल का गुलदस्ता कहाँ ले जाएँगे लौटाकर। मेम साहब को दे देंगे।...छोड़का साहेब लोग हैं—राँची के काले साहब लोग। 'पीयले' है, भरसक।

—फाटक बन्द कर।...दिल्लगी करने आया है !

—कंकड़बाग सेंटर से ड्राइवर आया है दूध लेने।

—कागज ले आया है ?...गोदाम खोलो, मैं आती हूँ।

...उँहु ! बेला गुप्त अब नहीं सह सकेगी !

...यह किसकी सेवा कर रही है—वह ?

युथिका, सही जगह पर चली गई—जमशेदपुर में, रामकृष्ण मिशन द्वारा परिचालित टी. बी. सेनिटोरियम में काम कर रही है।...

युथिका ने स्टाफ की ट्रेनिंग पूरी कर ली थी।...बेला गुप्त सेकेण्ड-इयर में ही थी कि नर्सेस-क्वार्टर छोड़ना पड़ा। ट्रेनिंग छोड़नी पड़ी।

...बेला देवी ! गुजरी हुई जिन्दगी, फटी-पुरानी कथरी नहीं कि उतारकर फेंक दिया। यह कथरी उतरनेवाली नहीं।...फिल्म का रील

नहीं कि कैंची चलाकर 'एडिट' कर दिया–कलापूर्ण ढंग से !... निस्तार नेई, निस्तार नेई !!

...बेला गुप्त के साथ उस रात को पाँच लड़कियों ने नर्सेस-क्वार्टर छोड़ा था–विरोध में 13 सितम्बर, 1943 की रात को !

...युथिका, फातिमा, सरस्वती देवी और आयसा !

युथिका–धनबाद कॉलेज के प्रोफेसर की जिद्दी बेटी।

फातिमा–सोनपुर के एक नेशनलिस्ट मौलवी साहब की पगली बेटी। बुर्का-पर्दा मुर्दाबाद करके–इन्कलाब करके घर से निकल आई थी !

सरस्वती देवी–भागलपुर के एक सनातनी-परिवार की बाल-विधवा वधू।

आयसा–जन्म से पंजाबी, स्वभाव से बंगाली। बंगाली पढ़ती-बोलती थी। ढाका से आई थी।

और, बेला गुप्त ?

...बेला गुप्त, बाँकेबिहारी के दोस्तों के पॉकेट-क्रान्तिकारी-दल के आवर्त्त से उबरकर–लहरों पर तैरती, बनारस की गलियों और काल-कोठरियों से निकलकर गंगा में पाप धोकर कलकत्ता के मातृ-कल्याण-संघ के किनारे लगी। किनारे नहीं लगी–फिर जाल में फँसी। निकली और युथिका के साथ–1940 ई. में कलकत्ता से बाँकीपुर मेडिकल कॉलेज में ट्रेनिंग के लिए आई।

दो ही वर्षों में बेला गुप्त ने, बाँकीपुर जेनरल हॉस्पिटल में अपनी जगह बना ली। साढ़े-तीन सौ लड़कियों के बीच–पाँच लड़कियों की एक अलग टोली।...ऐसी टोली, जिसमें हर वार्ड के मरीज, कुली, जमादार, नर्स, डॉक्टर और मरीजों के एटेंडेंट–अपने ही वार्ड में हमेशा देखना चाहते थे।

...बेला की देह स्पन्दित हो उठती है।

...सबकुछ भूलकर, बेला ने नई जिन्दगी शुरू की थी। जीवन पर फिर विश्वास जमा था–एक नन्हा-सा पौधा प्यार का फिर पनपा

था–झुलसे हुए बाग में !

...वे दो वर्ष–जीवन के उज्ज्वल वर्ष !

...1943 में फिर भावुकता के चंगुल में...इस बार की पकड़ में एक अद्‌भुत जादू था। वह इससे निकलना नहीं चाहती थी।

...प्रिजनर-पेसेंट, राजनीतिक-बन्दी-रोगी–राइटिस्ट, लेफटिस्ट, क्रान्तिकारी–पेइंग-वार्ड, कमरों में, सभी केबिन में और प्रिजनर वार्ड में भरे पड़े थे।

...उनमें–रमाकान्त ही एक देशभक्त तो नहीं था। फिर, उसके लिए बेला को क्यों रात-भर नींद नहीं आती थी ?

...बाँकेबिहारी की पार्टी नकली क्रान्तिकारी पार्टी थी। बाँकेबिहारी नकली क्रान्तिकारी था। और, रमाकान्त ? उसकी पार्टी प्यारी थी बेला को या रमाकान्त स्वयं ?

...बाँकेबिहारी का उसने सदा विरोध किया। उससे लड़ी-झगड़ी। उसकी मृत्यु का संवाद सुनकर बोली–धरती माता का भार हलका हुआ। और, रमाकान्त में कौन-सा खोया धन मिला था। जो हमेशा कलेजा से चिपकाये रखना चाहती थी। बेला ?...रमाकान्त की बात–ब्रह्मवाक्य !

...और, रमाकान्त ने एक दिन केबिन से भागने की असफल चेष्टा की।

...नहीं-नहीं ! बेला कुछ नहीं जानती थी रमाकान्त की योजना के बारे में। यदि जानती तो निश्चय रोकती, समझाती और अन्त में पुलिस को सूचित कर देती। उसके दोनों फेफड़े जर्जर थे। दाहिने में ए. पी. दी जा रही थी। कम-से-कम पाँच महीने सम्पूर्ण विश्राम की आवश्यकता थी उसे।

...नहीं-नहीं ! उसे क्या मालूम कि रामसिंह बुक्सेलर की दुकान से जो रामायण वह ले आई थी, उसकी जिल्द में ही–बाहर से बनकर आई हुई–भागने की योजना छिपी हुई थी। उसे कुछ नहीं मालूम !

...नहीं। रमाकान्त की मृत्यु का संवाद सुनकर बेहोश नहीं हुई थी। उसे अपने बाप की याद आई थी–अपनी माँ की याद आई

थी—इसलिए वह हिचकियाँ लेकर रो रही थी।...वह भागा क्यों ? मरने के लिए ही तो भागा था। मृत्यु उसे घसीट ले गई—गंगा के किनारे। बीच गंगा में—तैरता हुआ पकड़ा गया। किन्तु नाव पर आकर फिर ऐसा भागा कि...सभी धर-पकड़ से बाहर। मुक्ति !!

...अहा-हा ! उसने मरते समय यों ही...हाँ...यों ही बेला का नाम ले लिया होगा। क्योंकि बेला उस दिन सुबह...हँसी-हँसी में उसको बिछावन पर बेल्ट से बाँध रही थी। डॉक्टर हई ने कम्प्लीट रेस्ट कहा था और वह केबिन में चक्कर लगा रहा था—रमाकान्त चिढ़कर बोला था—बन्धन ? तुम्हारी सरकार का बन्धन, तुम्हारा बन्धन—किसी का बन्धन रमाकान्त कभी कबूल नहीं करेगा !...बेला ने चिढ़कर कहा था—नहीं कबूल करेगा तो मरेगा !

...इसीलिए उसने मरते वक्त कहा होगा—बेला, मैं कोई बन्धन नहीं मानूँगा !

...क्या कहा था ? और क्या बोला था रमाकान्त अन्तिम साँस लेने के पूर्व ? क्या ? हा-हा-हा !!

बूढ़ी मैट्रन मिस कुरियन की घुड़कती हुई नीली आँखों में बिजली कौंधी थी। उसने खप से बेला की कलाई पकड़ी—बेला लड़की ! तुम झूठ नहीं बोलतीं। तुम उसको देश के वास्ते 'लव' नहीं करती थीं ? है न ? अपने वास्ते लव करती थीं। लेकिन पुलिस को शक है।...ठीक है।

...नहीं-नहीं !

—बेला लड़की ! तुमको हर हालत में क्वार्टर छोड़ना होगा। बाहर जाओ—पुलिस अपना काम करेगी। कानून अपना काम करेगा। मुझे दुःख है लेकिन...यहाँ कोई गड़बड़ी नहीं होने दूँगी।...अभी जाओ, इसी रात में।

मैट्रन की इस आज्ञा के विरोध में चार लड़कियों ने नर्सेस-क्वार्टर छोड़ा था—उस रात को।

...पाँचों, मखनियाँ-कुआँ में—मुनिया के खपरैलवाले घर में जाकर ठहरी थीं।

...इसके बाद—पूछताछ, पुलिस-सी. आई. डी. और बदमाशों की रोज आवाजाही शुरू हुई। रात में डेढ़ बजे एस.पी. साहब पहुँचते, तीन बजे भोर में डी.एस.पी.।...जितनी पूछताछ सब रात में ही। फातिमा ने कहा था—रात में अब आइएगा तो दरवाजा नहीं खोलेंगी। आप हमें गिरफ्तार कीजिए, हमें कबूल है मगर रात में आपकी सूरत...।

तीसरे दिन हँसती हुई आई थी एक महिला—कहाँ हैं वे पंचकन्याएँ ?...की, कोथाए गो पंचकन्यारा ?

...मिसेज रमला बनर्जी !

रमला मौसी ने सबकुछ सुनने के बाद कहा था—कोनो भय नेई।...डरने की कोई बात नहीं।

रमला मौसी ने सभी झंझटों को दूर किया।

...युथिका और फातिमा को रमला मौसी ने फिर से ट्रेनिंग की सुविधा दिला दी। सरस्वती देवी, आयसा और बेला गुप्त—रामरति की माँ—गरीब विधवा मुनिया का घर किराये पर लेकर रहने लगीं। रमला मौसी ने 'नारी शिल्प-केन्द्र' के फंड से डेढ़ हजार रुपये की सहायता दी थी—आसनी, टेबुल-क्लाथ, स्वेटर आदि तैयार करने के लिए।

...फिर, एक दिन हँसती हुई आई थी—बेला, हो गया। तुम्हारे योग्य काम का इन्तजाम हो गया। अब हमारा वर्किंग-विमेंस बोर्ड का काम बाजाप्ता शुरू हो जाएगा।

डेढ़ सौ रुपये मासिक पारिश्रमिक पर फिल्ड-आर्गेनाइजर का काम करने लगी। आज तक वह फिल्ड-आर्गेनाइजर है और पारिश्रमिक भी वही है। बेला गुप्त ने इसके लिए कभी कोई आवेदन-निवेदन नहीं किया।

युथिका, स्नेहलता, शिवानी, फातिमा, ओलिव-लिवाय, मिस बाड़ला, सरस्वती देवी, कंचनलता, आयसा, पारूल और बेला— तब रमला मौसी कहने लगी—एकादशी-संघ !

युथिका ने लिखा है, जमशेदपुर से—रमला मौसी के बाद फिर

हमारे सेंटर पर और खास कर मुझपर क्या बीती, इसको लिखने का साहस मेरे पास नहीं। जो नहीं हुआ, उसके लिए भगवान को असंख्य धन्यवाद।...यहाँ पहुँचा दिया भाग्य ने। पूर्वजन्म में निश्चय ही मैंने थोड़ा पुन्य किया—पहली बार जीवन में—परिपूर्ण आत्मतृप्ति।

...और बेला ? जीवन-भर जलती रहेगी ?

अन्नपूर्णा आज चली गई।

अंजू-मंजू—जुड़वाँ बहन !

श्रीमती आनन्द की कोई नहीं; अंजू-मंजू। लेकिन, श्रीमती आनन्द लोगों से कहती है—मेरे स्वर्गीय मामा की लड़कियाँ हैं। खड़गपुर से ले आई है इन्हें। पाटलिपुत्र महिला कॉलेज में पढ़ती हैं और वर्किंग-विमेंस होस्टल में ही इन्हें रखा है श्रीमती आनन्द ने—बेला गुप्त से लड़-झगड़कर।

अंजू-मंजू लोकगीत गाकर नाचती हैं।

नृत्य-गीत के जानकार उनके नाच-गान में अनेक त्रुटियाँ निकाल सकते हैं। किन्तु दोनों बहनों में—ईश्वरप्रदत्त कोई विशेष बात थी कि स्टेज पर उतरतीं और ऑडिटोरियम में लोग पागल हो जाते।...इतनी कम उम्र की लड़कियों की ऐसी विकसित देहयष्टि। मछुआरिन-नाच में दौड़-दौड़कर, ताल पर मछलियों को बाँहों में भरने का भाव दिखातीं तो मिस्टर आनन्द जैसे गंजी खोपड़ीवालों के भी सिर के गिने-चुने बाल खड़े हो जाते।...अब यह तो अंजू-मंजू ही बता सकती हैं कि किस प्रदेश की मछुआरिनें बाहुबन्धनों में मछलियाँ पकड़ती हैं, उस तरह ? लेकिन इस नाच को देखकर बाँकीपुर के सैकड़ों प्राणियों के मन की मीन जल के बिना तड़प उठती थीं।...औरतें चिल्लातीं—ए ! आइसक्रीम—इधर से लाओ !

कॉलेज के विद्यार्थियों ने नाम दिया है—अंजन और मंजन !...

श्रीमती आनन्द गर्व से कहती है—यदि हमारे-जैसा लोकल-गार्जियन नहीं होता तो बाँकीपुर के लोग दोनों बहनों को कच्चा

ही चबा देते।...

वर्किंग-विमेंस होस्टल के कमरा नम्बर दो में रहती हैं। बहुत चुपचाप रहती हैं, दोनों बहन। किसी से नहीं बोलतीं। लेकिन कोई पुरुष आ जाए—दोनों थिरकने लगती हैं।...मिस्टर आनन्द को देखकर कूक उठती हैं दोनों, एकसाथ।...गौरी देवी को बुलाकर बातें करने लगी हैं, इधर कई दिनों से।...सुखमय घोष अब 'रेवाज' करने नहीं जाता।

...सुखमय घोष के अन्दर के चोट खाए हुए—कुण्ठित कलाकार ने एक राह निकाली है। वह श्रीमती आनन्द के सामने प्रस्ताव रखने में हिचकिचा रहा है...किन्तु ! सिर खुजलाता है और दाँत निपोड़कर चुप हो जाता है।

—क्या है घोष ?

...श्रीमती आनन्द गम्भीर हैं ? घोष्ट नहीं, घोष कहती हैं ?

—आगें, एक ठो अर्जी है हमारा...।

—बाबा, कह तो दिया कि तुम्हारी दर्खास्त... ?

—आगें, ओ बात नहीं, दूसरा है।

सुखमय घोष ने 'वाइफ एण्ड हसबैंड' नामक एक नाच की परिकल्पना की है। नाच का थीम, स्वर, शब्द और सुर सभी सुखमय घोष के हैं। सिर्फ, नाच के लिए वह प्रार्थना कर रहा है श्रीमती आनन्द से—यदि अंजू-मंजू उसके इस नृत्य को प्रस्तुत करें तो सुखमय घोष...बड़ी मेम जो कहेगी—करेगा। सारी जिन्दगी गुलामी करने को तैयार है, वह।

अब श्रीमती आनन्द मूड में आ गई—अरे बुड्ढा खोका ! तुम्हारे पेट में इतनी विद्या है ?...शैतान ! अंजु बनेगी वाइफ और तुम बनेगा हसबैंड ?

—आगें नेहीं। मंजु बनेगी हसबैंड।...हॅम खाली डाइरेक्ट करेगा। ...उस दिन बेला गुप्त बोली, जे आप क्या हुआँ, ड्रामा करने जाता है। बस, मेम साहब—हमको उसी घड़ी मन में ऐसा राग हुआ...।

—अच्छा, सुनाओ—क्या है इस वाइफ एण्ड हसबैंड में ? बढ़िया हुआ तो इसी बार छब्बीस जनवरी को ही 'शो' दिलवा दूँगी। सुनाओ !

सुखमय घोष के जीवन में ऐसे सुखमय अवसर बहुत कम आए हैं। उसकी सूखी काया के भीतर न जाने कब से घुटती हुई—कलाकार की आत्मा पुलकित हुई। उसके चेहरे पर एक अपूर्व आभा छा गई। उसने प्रारम्भ किया—देखिए मेम साहब ! मन में बुझिए कि...स्टेज पर घनऽअंधऽका-ा-ा-ा-ा-र है। एक ठो तारा जॅलजॅल करता है आकाश में...करता है कि नहीं ? एई बार...थोड़ा-सा 'आलो' हुआ कि हॅम पीछू से बेहाला पर मुर्गा की बोली बजाबेगा—फिन थोड़ा-सा आलो—हॅम बेहाला पर कोकिल का डाक देगा, फिन पाखी का चूँ-चूँ बजाबेगा—फिन थोड़ा आलो-अंधऽकार में एक ठो लेकड़ी सोई है...।

—कहाँ सोई है ?

—आपना घर में।

—तब ?

—तब ? तॅब...हाँ, फिन आलो—लेड़की आस्ते-आस्ते पास फिराये के चित्त हो जाएगी...सब ठो ताल पर होगा, किन्तु...फिन आलो, हॅम बेहाला पर 'अकेली मति जैइयो राधे' भैरवी सुर में बजावेगा—खूब दूर में—फिन आलो...।

—अरे, कितना 'फिन आलो' करेगा घोष्ट ?

श्रीमती आनन्द अपनी हँसी को नहीं रोक सकी। बोली—चलो, आगे बढ़ो।...फिन आलो, तब ?

—तॅब, इस बार आलो ठो एकदॅम बुक पर आए के ठिकराये कर—थाम जाएगा। फिन, उधर बैकग्राउंड में पर्दा पर हिमालय को चुड़ा पर आलो देगा—इधर में दु-तीन लोक—एक-दु ठो लेड़की होने से चमत्का-ा-ा-र—एक ठो लोकगीत गावेगा—जागो रे जागो रे जागो रे-ए-ए भै-या-फिन से हुआ, बिहान जागे रे जागो रे-ए-ए-ए-कि फिन आलो...एकदम सब आलो... !!

—भालो-भालो ! फिन आलो !!

—आगें, आलोक-सम्पात में ही तो सब खेला है।

श्रीमती आनन्द को हठात् किसी बात की याद आई। बोली—ठीक है घोष—अंजू-मंजू नाचेंगी। लेकिन उसके अपने साजिन्दे हैं।...

—उन लोगों को हॅम ठीक कर लेगा। मेम साहेब...।

घोष श्रीमती आनन्द के आगे झुक गया। आज भी उसने लपककर श्रीमती आनन्द का पैर पकड़ लिया। आज श्रीमती आनन्द ने पैर छुड़ाने की चेष्टा नहीं की।...अच्छा लगता है।

—ठीक है, तुम्हारा 'वाइफ एण्ड हसबैंड' होगा।

—हॅम जीवॅन-भोर आपका चाकरी करेगा।

—जीवन-भर चाकरी करने की जरूरत नहीं घोष ! जो काम तुम्हारे जिम्मे है, उसको चतुराई से कर दिखाओ।

—आगे हॅम देखाये देगा आपको। हम बेला गुप्त को झाड़कर कापड़ पहराय देगा।

श्रीमती आनन्द ने मुस्कुराकर दाँतों से जीभ को दबाया—अरे-रे ! ऐसा मत करना।

—हम लोगों का भाषा में एक फ्रेज है कि 'झेड़े-कापड़ परिए देउया' माने झाड़कर कापड़ पहिराये देगा। हॅम वही करेगा।

—जाओ तुम। आज छुट्टी !

...पता नहीं, बागे को कहाँ देरी हो गई ! डेढ़ बजे आनेवाला था, ढाई बज रहे हैं। टेलीफोन तो करना चाहिए भले आदमी को कम-से-कम। कुछ गड़बड़ तो नहीं हुआ कहीं ?...नहीं, आ गया। बागे की गाड़ी का ही हॉर्न है।

...बागे ने आज कीमती टाई बाँधी है। साथ में यह किसी छोकरे को लिये आ रहा है ?

बागे ने काला चश्मा उतारकर दाहिनी आँख मींची—भाभी ! आइए आपको बाँकीपुर की एक बड़ी हस्ती से मिलाऊँ। मनोरंजन झा, बाँकीपुर-टाइम्स के स्टाफ-रिपोर्टर और आप—श्रीमती आनन्द।

—नमस्कार।

—नमस्कार जी।...अच्छा, बाँकीपुर-टाइम्स में कितने स्टाफ-रिपोर्टर हैं ? मेरे पूछने का मतलब है कि हमारे बेबी-शो की रिपोर्टिंग किसने की थी ? आपने ही ?

झा ने कमरे में प्रवेश करते ही ऐसे आक्रमण की कल्पना नहीं की थी। वह तुतलाया तनिक—जी ? जी हाँ। क्यों ?

न जाने क्यों, श्रीमती आनन्द ने बहुत हलके अन्दाज में—झा से बातें शुरू कीं—अच्छा, तो आपकी ही थी वह रिपोर्टिंग ? आप बिहारी हैं ?

—जी। परदादा मैथिल थे। मेरा जन्म पूना में हुआ। पढ़ाई-लिखाई इलाहाबाद में हुई।...कह नहीं सकता, मैं कितना परसेंट बिहारी हूँ।

—इसी से-ए-ए !

—क्यों, क्या बात है उस रिपोर्टिंग में ?

—उस बेबी-शो में किस बेला गुप्त ने क्या किया था जो आपने डेढ़ कॉलम में उसकी तारीफ लिख मारी ?

—तारीफ करने योग्य काम कोई भी करे...।

—गलत। संस्था के सामने व्यक्ति का कोई मूल्य नहीं।

रटे हुए तोते की तरह श्रीमती आनन्द बोल गई।

...तो, यह छोकरा भी बागेवाली निगाह से देखता है, श्रीमती आनन्द को ? अपनी देह के जिस अंग से उसे चिढ़ है, जिसके लिए उसे लज्जित होना पड़ता है—उस अवांछनीय अंग की ओर प्रशंसा की दृष्टि से देखनेवालों की आँखों को पकड़ने में वह कभी गलती नहीं करती। वह मन-ही-मन ऐसी ललचाई निगाह से देखनेवालों को चाहने लगती है।...महान्ती, आनन्द, बागे, तुलपुले, देसाई और यह मनोरंजन झा !

...छोकरा छँटा हुआ बदमाश है। बेला से निश्चय ही इसका परिचय होगा। सम्भवतः दीदी भी कहता हो। ऐसे ही भाइयों के बल पर बेला श्रीमती आनन्द को अपमानित करने का साहस कर सकती है—भरी मीटिंग में।

श्रीमती आनन्द ने मिट्टी पहचानकर खुरपी चलाई—खैर, आप अपने को असल बिहारी नहीं कहते। लेकिन जो असली बिहारी हैं, उन्हें भी लाज नहीं।...देखिए, मैं बिहारी नहीं—मेरे माँ-बाप-पति कोई बिहारी नहीं। लेकिन बिहार में—खासकर इस बाँकीपुर में—बहुत-से बिहारी नौजवानों को देखा है जो सूखी 'चच्चड़ी' और सड़ी हुई मछली के लिए जान देते हैं। जो, छोटी-छोटी पकी हुई बंगालिन लड़कियों को 'रोसोगोल्ला' खिलाकर उनके 'मिष्टी-मुख' से एक बार 'दादा' सुनकर धन्य हो जाते हैं।...आपने बंकिमनाथ, रवीन्द्रनाथ, शरदनाथ या किसी भी बंगाली राइटर की किताब पढ़ी है ? मैंने भी नहीं पढ़ी कोई। आनन्द कहता है कि 'गुरुदेवा' से लेकर 'चेलादेवा' तक—सभी बंगाली राइटर ने बिहारियों को उजड्ड, गँवार, गुण्डा, खोट्टा, मूर्ख ही लिखा है।—बाड़ी ते एकटा हिन्दुस्थानी चाकर, एकटा भोजपुरे लठेल, एकटा खोट्‌टा दरबान छिलो !...हुँ, मानो बंगाल, हिन्दुस्तान से बाहर कहीं आस्मान में टँगा हो।...सोनार बाँग्लावाले, बिहार को 'आमार कानीकौड़ी-बिहार' भी नहीं कहते कभी। बिहार का यंगर-जेनरेशन तो और भी रीढ़हीन है—न अपना कल्चर, न अपना कुछ—गाये जा रहे हैं बेसुरा रवीन्द्र गीत।...बंगालिन माई की चरणधूलि पाकर पवित्र होते हैं !

—मिसेज आनन्द ! मैं आपकी बात को समझता हूँ। बंगवासियों और फ्रांसवासियों में बहुत बातों में साम्य है।...

—तब तो कलकत्ता आपके लिए पेरिस से बढ़कर होगा ?

—मैं दूसरी बात कह रहा हूँ। मैं चरित्र के बारे में कह रहा था—दोनों ही लम्बी नाकवाले। कलाकार की जाति। पड़ोसियों को हीन समझनेवाले, एकमात्र अपने को सुसंस्कृत माननेवाले ! अहंकारी कलाकार—फ्रेंच और बंगाली !...

बागे बाथरूम से आ गया।

—क्यों भाभी ! आते ही आते झा जी से किस बात पर ?

बागे ने आँख मींचकर फिर संकेत किया—छोड़िए भी !

—अरे, मैं तो यों ही बाइ-द-वे इनसे कह रही थी कि बिहार

की नई पीढ़ी भी रीढ़हीन साबित हो रही है।...बुद्धि बंगालियों के घर में बन्धक पड़ी है इनकी, अभी भी।

मनोरंजन झा ने घड़ी देखी। बोला—अच्छी बात। आपसे फिर कभी मिलकर इस सवाल पर बातें करूँगा।...आपसे परिचय प्राप्त करके—खास कर, आपसे बातें करके मुझे बहुत प्रसन्नता हुई है। फिर आने का लोभ लेकर आज...।

श्रीमती आनन्द ने फिर झा की आँखों की चोरी पकड़ी। बोली—बागे, एक दिन आनन्द से झा जी को मिलाओ।...काठमाण्डू से आ जाए आनन्द !

—मैं स्वयं ही किसी दिन सेवा में उपस्थित हो जाऊँगा।

बागे ने कहा—भाभी, आपने तो इसकी बोली ही बन्द कर दी। यों, तेज लड़का है।

—मेरे मन में पुराना गुस्सा था। कमबख्त ने बेबी-शो की रिपोर्टिंग में—मिस बेला गुप्त, निःस्वार्थ समाज-सेविका, अटूट लगनवाली शान्त-सौम्य और न जाने क्या-क्या लिखा था। इसके सिर पर भी रमला बनर्जी की प्रेतनी सवार है।

—अंजू-मंजू का सचित्र परिचय छापना चाहता है।...वह खुद आवेगा एक दिन। एक दिन नहीं, अनेक दिन।

—आवेगा तो आवेगा। तुम लड़कपन मत करो।

इधर कई दिनों से बागे नाटकीय अन्दाज में बातें करने लगा है श्रीमती आनन्द से—तुम इस भरी दोपहरी में कहाँ से पी आए ?

—भाभी, आज एक 'ऊँची महफिल' में भटकता हुआ पहुँच गया। वहाँ लंच के पहले जापानी 'साके' चला...।

—यह साके क्या है ? बीयर-जैसी कोई चीज ?

—जी, अन्न से बनी हलकी शराब। जाड़े में गर्म करके पीते हैं।...लेकिन मुझे मतली आ रही है।

—इसीलिए, आते ही बाथरूम में जा घुसे।

—भाभी, मिठाई खिलाइए।

—क्यों ?

—शुभ संवाद है। विमेन्स-वेलफेयर बोर्ड को मिसेज रमला बनर्जी के देवर ने पन्द्रह हजार रुपये का अनुदान दिया है। डाइरेक्टर साहब कह रहे थे।

—मालूम है। अनुदान देकर खुद बोर्ड-कमिटी का मेम्बर बनना चाहता है, या किसी बंगालिन को घुसाने की कोशिश करेगा।...हुँ! रमला बनर्जी के नाम पर स्कॉलरशिप और पुरस्कार बाँटेंगे ये! ...फ्राड सब।

—इस बात पर नहीं तो...मिठाई खिलाने की और बातें सुनाऊँ ?

बागे ने इधर-उधर देखा। श्रीमती आनन्द बोली—घोष को मैंने छुट्टी दे दी है। क्या बात ?

बागे ने धीमी आवाज में, प्रायः फुसफुसाकर कहा—भाभी ! जुट-कॉटन मिल और माइका—मेरी तीनों पार्टी के काम एक ही साथ हो जाने की उम्मीद है।...अच्छा, भाभी, रुपये तो 'उत्तरांचल-ट्रांसपोर्ट' के नाम जमा होगा ? भाई साहब तो यही कह गए थे, अब आप जैसा कहिए—करवा दूँ !

—आनन्द ने जैसा कहा है, वही करो।

—और आप...आपको...?

—मुझे क्या ?

—मैंने आपके लिए...ठीक है, रहने दीजिए अभी। बाद में बताऊँगा।

—क्या ? मेरे लिए क्या ?

—कुछ नहीं भाभी !...थोड़ा झंझट है, लेकिन।

—क्या ?

—अव्वल तो यह कि डीसाहब और पीसाहब की बातों से ऐसा लगा कि अंजू-मंजू अब नहीं—ग्रामोद्योगी माल चाहिए। दूसरी बात—माल पहुँचना चाहिए उनके पास, कान्ति चटर्जी के थ्रू ही। के. चटर्जी को ही उनके अड्डे मालूम हैं।

श्रीमती आनन्द बोली—लेकिन ग्रामोद्योग का माल अभी कैसे मिल सकता है बागे ?

—अभी नहीं, पाँच दिन बाद सही। चाहिए लेकिन ढेंकी का चावल और गाँव का घी।

—तुम्हारी पार्टी कलकत्ता तो नहीं भागेगी ?

—भागकर कहाँ जाएँगे बेचारे !

—सतर्क रहना।

—भाभी, बागे को नहीं कहना होगा।

—बाबा, मैं दिल्ली में रहूँगी। इधर तुम्हारे जो जी में आए, करना। पर कुछ करने के पहले आनन्द को जरूर सूचित कर देना।

—भाभी, आज रात मारवाड़ी होटल की मेसी-रोटी मुझसे नहीं खाई जाएगी।

श्रीमती आनन्द देख रही है, जापानी साके ने बागे को आज निडर बनाया है अथवा व्यापार के लाभ की खुशी से इतना चंचल हो गया है ?...वह एकटक, भीख माँगती हुई निगाह से श्रीमती आनन्द को देख रहा है। वह आमिष आहार चाहता है। वह किशोरी कन्या-जैसी लजाई, फिर साँस लेकर बोली—तुम आनन्द को नहीं जानते, बागे !

—भाभी ! आज ऊँची महफिल में डीसाहब ने मूड में आकर बहुत बड़ी बात कह दी। बोले—सुनो पी ! कोई भी पार्टी पावर में आवे, जातीयता फूलेगी-फलेगी। फेवररिज्म मिटेगा नहीं ! भाई-भतीजावाद भी कायम रहेगा।...रूलिंग पार्टी का अदना कार्यकर्ता जिला के कलक्टर की कलम पकड़ने का साहस, तब भी करेगा... तो तुम और हम ही क्यों मरेगा ? राज्यधर्म पालन करते चलो। डरने की जरूरत नहीं—सत्य की विजय नहीं होती है कभी, इसलिए 'सत्यमेव जयते' लिखकर टाँगनेवाला वाक्य हो गया है ! इस वाक्य का प्रथम अक्षर 'अ' लुप्त है। इसी छेद से निकलकर हम और तुम भगवान के पास... !

...अरे, ये लड़कियाँ कहाँ आ रही हैं ?—देखो बागे, तुमने चर्चा की और ग्रामोद्योग-भण्डार ही हाजिर।...बोक्री सब !

कुन्ती देवी ने आज आकर सबसे पहले पैर छूकर प्रणाम किया।

विभावती को छोड़कर सभी लड़कियों ने श्रीमती आनन्द को पैर छूकर प्रणाम किया। शारदा कुमारी पैर छूकर बोली—गोड़ लगती हूँ बड़ी मेम साहेबजी।

विभावती ने हाथ जोड़कर नमस्ते कहा। श्रीमती ज्योत्स्ना आनन्द ने विभावती को आँखों की कनखियों से देखा।...यह छोकरी अपने को लगाती है—खद्दर पहनती है न !

विभावती को बचपन से ही शिक्षा मिली है—पाँव छूकर सभी को प्रणाम करना चाहिए।

कुन्ती देवी बोली—बड़ी मेम साहेब ! आपके पास एक इस्तदुआ लेकर आई हूँ। कहना यह है बड़ी मेम साहेब कि हम लोगों को अब एक चपरासी के बिना बहुत तकलीफ हो रही है। मुनिया बूढ़ी फाटक खोलने और बन्द करने के सिवा और कोई काम नहीं करती। रामरति है, सो उसे छोटी मेम के आगा-पीछा से ही छुट्टी नहीं मिलती।...दोयेम बात के ऊपरवाली सब हम लोगों को बहुत नीच-नजर से देखती हैं।...यह गौरी देवी बाभिन है, इसको हरिजन कहती है। कहिए भला ! और छोटी मेम साहब अब छुट्टी देने में इतना बखेड़ा करती है कि रुकमिनी तो अब घर चली ही गई। बाकी लड़कियाँ भी घर भागेंगी कुछ दिन में। जेहलखाना से भी बढ़कर !...कहीं जाने की छुट्टी नहीं देती। सभी लड़कियाँ, जब से आई हैं, सलिमा देखने के लिए छटपटा रही हैं। कहती है, तीस रुपया ही पाती है, सलिमा देखेगी ? जब छुट्टी माँगिए, डॉक्टर चाको मेम साहब जाने। और, डॉक्टर चाको मेम साहब की कोठी पर जाने की छुट्टी माँगिए तो छुट्टी नहीं देती।

श्रीमती आनन्द ने बागे से अंग्रेजी में कहा, देखते हो। कितना असंतुष्ट हैं सभी बेला गुप्त से।

बागे तभी से काले चश्मे के नीचे से ही इन लड़कियों को देख रहा था।...यह तो एकदम हिरनी है, हिरनी।

बागे की आँखें घूम-फिरकर श्रीमती आनन्द के पास लौट गईं।

श्रीमती आनन्द ने लड़कियों से कहा—ठीक है। मैं डॉक्टर चाको

से बोलूँगी, और चपरासी भी मिल जाएगा।

कुन्ती देवी ने हाथ जोड़कर कहा—बड़ी मेम साहेब ! आपके पास आती हूँ तो यहाँ से जाने का मन नहीं होता है।...मैं चुगली नहीं करती। मगर इतना जरूर कहूँगी कि छोटी मेम का शील-सुभाव ऐसा रहेगा तो एक दिन मेरे मुँह से कुछ निकल जाएगा। बस, यही दो-तीन लड़कियों से बोलती है। और वह रामरतिया हम लोगों में झगड़ा लगाती है—आपस में। मुनिया पैसा माँगती है, हर बात में।

—ठीक है, मैं आज शाम को होस्टल में आऊँगी।

लड़कियाँ चली गईं तो श्रीमती आनन्द ने पूछा—क्या हाल है मिस्टर बागे ! आप कहाँ हैं ?

—आपके चरणों पर !...डीसाहब ने निश्चय ही उस गौरी देवी को कहीं देख लिया है। मैं बाजी बद सकता हूँ।

—तुमको कौन-सी पसन्द हुई—वह सलवारवाली—खादीधारी छोकरी ?

—भाभी, मेरी पसन्दगी की बात मत पूछिए !

—क्यों ?

—क्योंकि मैं...आनन्द को नहीं जानता !

श्रीमती आनन्द अब समझ गई, बागे दुखी है। बागे को आन्तरिक कष्ट हो रहा है।...सचमुच, लड़कियों में से कोई भी नहीं पसन्द आई बागे को ?

...बागे की आँखों में चिनगारी ?

श्रीमती आनन्द ने कहा—तो आज रात में मेरे साथ खाओगे ?

...आमिष आहार !

—बेला ! मैंने डॉक्टर चाको से मिलकर ट्रेनी-लड़कियों के प्राब्लेम्स पर बातें कर ली हैं।...और देखो, इन लड़कियों की छुट्टी-छपाटी को लेकर तुम अपना माथा मत खराब करो। ये हेल्थ-सर्विसेज की हैं।

इनसे हमारा क्या लेना-देना... !

—लेकिन, रहती तो हैं हमारे होस्टल में। नियम के अनुसार यहाँ रहनेवाली सभी बोर्डर अपने दफ्तर से लिखवाकर ले आती हैं ऐसी छुट्टियों के लिए। नाइट-ड्यूटी, नाइट-पास और इस तरह की छुट्टियाँ हम बिना समुचित प्रमाण के...।

श्रीमती आनन्द की सतर्कता के बावजूद, नियम-कानून की बात सुनकर अन्दर से गुस्से की चिनगारी निकल ही पड़ी—बेला ! तुम हर बात में नियम-कानून की दुहाई मत दिया करो।...मैं पूछती हूँ कि इन्हें नियम-कानून में बाँधने में कौन-सा सुख मिलता है तुमको ? ट्रेनिंग लेकर जाएगी, ब्लॉक के कर्मचारियों के साथ रहेगी—सोएगी। तुम वहाँ भी जाओगी पहरा करने ?

...फिर श्रीमती आनन्द सोने-सुलाने की बात करने लगी ?

बेला गुप्त बोली—इसीलिए मैंने शुरू में ही विरोध किया था।

श्रीमती आनन्द ने अपने को सँभाल लिया तब तक। बोली—तुम्हारे या मेरे विरोध करने से कुछ नहीं होता है और न होगा ! ...अंजू-मंजू को बुलाना जरा। नहीं, रहने दो।

श्रीमती आनन्द चली गई। कह गई—बेली ! हेवी रिस्पांसिवलिटी—जबर्दस्त उत्तरदायित्व के लिए तैयार रहो। तुम्हारी रमला मौसी ने जो चांस कभी नहीं दिया—वह मैं दूँगी। और, यदि जिम्मेवारी को ठिकाने से निबाहा तो—मेरी प्यारी बेली रानी—सीधे केनाडा भेजी जाओगी !

...सीधे कनाडा नहीं, जहन्नुम में !

कल से गली के लड़कों ने फिर उपद्रव प्रारम्भ कर दिया है। बेला गुप्त सोच रही है, क्या किया जाए। एक बार करीम भाई से कहकर देखूँ ? करीम भाई बड़े शरीफ हैं।...ऐसी बदमाशी तो कभी किसी ने नहीं की, आज तक ?

युगों से इन गलियों पर छाया हुआ, खगड़ा-मंजिल का आतंक,

होस्टल और सेंटर खुलने के बाद ही दूर हुआ था। फातिमा ने करीम भाई से परिचय कराया था। उसके बाद जब कभी गली में मिलते हैं, झुककर सलाम करते हैं।...सेंटर की महिलाओं की इज्जत गली के बच्चे तक करते थे। अचानक यह क्या हो गया कि हर लड़की छेड़ी जा रही है ?

मिस रेवा वर्मा आकर बोली—अब तो इस गली में दिन में भी अकेली चलने का साहस नहीं होगा किसी को। बीड़ीवाले छोकरे ने क्या कहा आज, जानती हैं ?

प्रोफेसर निगम झुँझलाई—यहाँ तो किसी के पास नालिश-फरियाद करना भी फिजूल है। बेला दीदी एक कान से सुन लेती हैं और दूसरे से निकाल देती हैं।...हरामजादा बाँह पर नाखून से बन्दर की तरह नोंच भागा। शिप्रा, तुम्हारे पास डेटोल है ?

शिप्रा डेटोल की शीशी ले आई—अब इस गली में भी किसी

दिन एसिड फेंका जाएगा।...मुझे तो बेपानी कर दिया आज।

पटनेश्वरी देवी कहती है–हम लोगों को अब पिस्तौल मिलनेवाला है।

रामरति का दूसरा मत है–सिर्फ गली के बदमाशों को ही दोख मत दीजिए। वह रेडियोवाली दीदी तो कान में झुमका हिलाकर खूब छमक गई। रोज रात में दोस्त के साथ रिक्शा में बैठकर आती है–रिक्शावाले को पैसा देने के बाद–आधा घण्टा- पौन घण्टा तक फाटक के पास खड़ी बतियाती है–हँसती है। इधर कई दिनों से रमा बहिन के संग में भी एक काला कोट-पतलूनवाले बाबू आने लगे हैं। रमा बहिन भी वही करती है।...फाटक पर खड़ा होकर बतियाने की क्या जरूरत ? गली के लड़के सभी चलित्तर देखते-देखते अब छुछुआने लगे हैं और खादी-दीदी को इतना होश तो रखना ही चाहिए कि जब 'टैम' का दिन है तो होशियारी से चलें। आज मोड़ पर ही रिक्शे से उतरकर पैदल आ रही थी। पीछे-पीछे छुछुन्दरों का दल ! कोई कहे कि–नहीं रे नहीं, लाल रोशनाई है तो कोई बोले कि नहीं रे, पान का दाग है।...सब्जी लेकर लौटी आ रही थी। देखा तो खादी-दीदी की साड़ी पीछे से एकदम भुभुक्का ! मैंने तुरत आड़ कर लिया और हरामियों को गलिया के भगाया।...अब कहिए कि गली के लड़कों को ही सिर्फ क्यों दोख दिया जाए ? रोटी दोनों हाथ से पकती है दीदीजी !... लीलाखेला देखकर बदमाश लोग जरूर बमकेंगे !

मुनिया और उसकी बेटी रामरति !

बेला गुप्त को ही नहीं–पाँचों लड़कियों को, होस्टल छोड़ने के बाद, सबसे पहले अपने घर में आश्रय मुनिया ने ही दिया था–सो भी 1943-44 में। पुलिसवालों की धमकी से न मुनिया कभी डरी और न उसकी बारह साल की बेटी रामरति।

गरीब विधवा मुनिया को एक गाय और एक खपरैल के घर का सहारा था। गोतिया-पट्टीदारों ने उससे भी बेदखल कर दिया। तब से बेला गुप्त के साथ ही रहती हैं दोनों–माँ-बेटी।

रामरति की शादी बचपन में ही हुई थी। जवान होने के बाद गौना हुआ। बस, गौना में ससुराल से लौटी तो फिर नहीं गई कभी। आज तक अपने प्रण पर डटी हुई है।...घरवाला या तो दारू छोड़े या उसका मोह ! रामरति की एक ही बात।

...दारू की महक से ही रामरति को उलटी होने लगती है। उसे शराबी का बहुत डर है। इसलिए कहती है—रामरति को न बाघ न डर, न भूत का भय। सिर्फ, मनुसपीटना से डरती है रामरति।... मनुसपीटना माने शराबी !

रामरति हमेशा खरी बात बोलती है, किसी को भली लगे या बुरी। बेला गुप्त को भी सुना देती है—खाइएगा सिर्फ आलू का भर्ता और भात और दिन-रात काम कीजिएगा। देह आखिर देह है।

मुनिया कहती है—क्या चेहरा था सो क्या हो गया ! तू जोर करके मछली-मांस क्यों नहीं खिलाती रमरतिया दीदीजी को ?

बेला गुप्त ने कहा—करीम भाई आजकल यहीं हैं या छपरा गए हैं ?

—अब, रहीम भाई-करीम भाई के यहाँ आपको जाने की जरूरत नहीं। जाने जौ और जाने जाँता। आप कितने लोगों से लड़ती रहिएगा ? जैसा चाल, वैसा हाल होगा।...हैं-हैं...दीदीजी, यह क्या कर रही हैं आप ? बर्तन-बासन क्यों उठाती हैं ? छोड़ दीजिए ! क्या हो गया है आपको ?...अब देखिए दीदीजी, ऐसा कीजिएगा तो मैं माथा कूट लूँगी अपना।...बड़ी मेम के कहने से किसी दिन आप मुझे भी छोड़ दीजिएगा ?...

रामरति का गला भर आया।

—तू नखरा पसारना बन्द करके, एक बार देख आ कि करीम भाई कहाँ हैं ! नहीं हैं तो, कब आवेंगे !

करीम भाई ने सबकुछ सुनकर दाढ़ी पर हाथ फेर लिया। असहाय मुद्रा बनाकर बोले—बेला दीदी ! जमाने ने कुछ ऐसा अजब मोड़ लिया है।...

करीम भाई के बदले आगे बढ़कर बोला—रामगुलाम हलुवाई, जा।

खजूर की ताड़ी पीने के बाद मूँछ से झाग भी नहीं पोंछ पाया था—करीम भाई से क्या कह रही हैं मेम साहब ? आपके चिड़ियाखाना में तो अब ऐसी-ऐसी लक्का कबूतर आ गई हैं कि इस गली में जो न हो जाय, थोड़ा है।...वह आपकी अजनू-मजनू दोनों बहन जो हैं—स्कूल की गाड़ी से उतरकर गली के लड़कों को मुँह चिढ़ाती हैं, गन्दे इशारे करती हैं।...फाटक पर रात में जोड़ा- का-जोड़ा खड़ा रहता है। दूसरी गली का कुत्ता इस गली में आवे और इस गली के कुत्ते भौं-भौं नहीं करें—यह कैसे मुमकिन है ?

...रामगुलाम शाह खजूरी-ताड़ी पीकर और न जाने क्या-क्या बकता रहा।

बेला गुप्त चुपचाप वापस आ गई।

प्रोफेसर निगम अब दिन में पाँच बार टेलीफोन पर बात करती है, लाल-भाई से। साथ काम करनेवाली महिलाओं को सुनाकर, टेलीफोन पर नखरा पसारती है—नहीं-ई-ई लाल-भाई ! गीत-ऊत मुझसे नहीं हो सकेगा कोई। गला मीठा होने से क्या हुआ ?...आज नहीं आ सकूँगी। क्या, नहीं बोलिएगा ? अच्छी बात, तब तो आना ही पड़ेगा। कॉफी पिलाइएगा ? अच्छी बात !

वह सभी को सुनाती रहती है—देखिए, अब मैं क्या करूँ ? लाल-भाई कहते हैं कि तुम लोकगीत बढ़िया गा सकती हो। कहिए भला ! मानते ही नहीं हैं।

...लाल-भाई कहते हैं कि तुम्हारी आवाज रेकार्ड होकर दिल्ली गई है।

...लाल-भाई जिद्द कर रहे हैं, अब ड्रामा आडिशन के लिए दर्खास्त दे दो।

मिस रेवा वर्मा अब क्या बोले ?

अब तो, प्रोफेसर रमा निगम के बोलने और सुनने के दिन हैं। ...इतनी जल्दी आग भड़कते कभी नहीं देखी है रेवा वर्मा ने।

पहला टॉक जिस दिन देकर आई थी प्रोफेसर निगम ! रेवा वर्मा ने खोद-खोदकर पूछना शुरू किया था—रात में।

—क्यों रमा बहन ! ठीक रिहर्सल करवाया था लाल-भाई ने या... ?

—भाई, तीन बार पढ़वाया उन्होंने। फिर, एक बार खुद पढ़कर सुनाया।

—तब ? रजिस्ट्री-फी लगी या नहीं ? वह तो रजिस्ट्रार है न !

—क्या रजिस्ट्री-फी !...तुमसे जरूर किसी ने कुछ कहा है। वह लड़का-अनाउंसर बहुत मुस्कुरा रहा था, न जाने क्यों ? तुम कहाँ चली गई थीं ?

—रमा बहन, मैं जरा कॉलेज चली गई थी।

—अच्छा रेवा ! लाल-भाई पीते भी हैं क्या कभी-कभी ?

—क्यों, कुछ बहक-वहक गया था रिहर्सल के समय क्या ?

प्रोफेसर निगम के कुण्डल हिले-डुले।

मिस रेवा वर्मा और भी करीब चली गई थी खिसककर।

—सच बताना रमा बहन, तुम्हें मेरी कसम। झूठ मत बोलना।

—रेवा, तुम भी कसम खाओ कि झूठ नहीं बोलोगी।

...अच्छा ? तो इन्हें भी कुछ पूछना है ! कान में डाल दिया है—मोदी ने ?

—लीजिए, पूछिए। क्या पूछना है ? आप मत पूछिए, आपके सवालों के जवाब दे रही हूँ—सुनिए। पहली बार जब 'बाल-गोपाल' प्रोग्राम में गई थी तब से लेकर स्टाफ-आर्टिस्ट बनने तक—दस साल से देख रही हूँ, मोदी के रिहर्सल कराने की बस एक ही टेकनिक है—और उसका एक ही बूथ है, नम्बर छै।...लो मैं बताऊँ ? तुमने पढ़ा होगा, मान लो...एक राजा के पाँच लड़के थे। तो, लाल-भाई ने कहा होगा—नहीं रमा, इस तरह पढ़ो ! और, 'इस तरह' कहकर स्क्रिप्ट लेते समय उँगलियों को मसलकर, मुस्कुरा दिया होगा—जो मोदी की टेकनिक है—ठीक, सिनेमा के हीरो की तरह। दूसरे रिहर्सल तक टेबुल के नीचे लाल-भाई के पैर...।

प्रोफेसर रमा निगम हँसते-हँसते लोटपोट हो गई।

...तो रिहर्सल हुआ है, डटकर ?

मिस रेवा वर्मा ने अन्त में कहा था—आदमी भला है वैसे।... तब, कभी-कभी वह टिप्स भी माँगेगा ?

—टिप्स ?

इस बार प्रोफेसर निगम रुष्ट हो गई—तुमने मुझे क्या समझ लिया है रेवा ? मैं इतना गिर गई हूँ ?

...कानपुर से वह नौजवान प्रेमी आकर पर्चा जो बाँट गया था सो गलत नहीं ? प्रोफेसर निगम ने सचमुच वहाँ वह सब काण्ड किया होगा। कहती है, मैं इतना गिर गई हूँ ?

—भगवान से यही प्रार्थना है रमा बहन, कभी नहीं गिरो।... अब सोने दो। जमशेदपुर से मेरा 'टेलिपैथी-कॉल' आ गया !

दोनों बहुत देर तक अपने-अपने बिस्तर पर 'उस-खुस' करती—करवटें लेती रहीं।

श्रीमती आनन्द ने गाड़ी का हार्न सुनकर घड़ी की ओर आँखें उठाईं—एकदम सही समय पर आ रहा है, बागे।

—बड़े पंक्च्युल हो आज ?

...बागे इतना गुमसुम क्यों है ? इधर-उधर देखता क्यों है ?... आखिर यह आदिवासी मूरत ही रह गया सब दिन। श्रीमती आनन्द बच्चियों जैसी लजाती है। किन्तु, बच्ची नहीं वह।

—इसमें क्या है ? अरे... !

—कुछ नहीं भाभी, महँगू की दुकान का सींककबाब है। सारे भारतवर्ष में और कहीं नहीं मिलता।

—क्यों, यह सब लाने की क्या जरूरत थी ?...और, यह ? किसके लिए ?...छि...मैं ड्रिंक नहीं करती।

—भाभी, यह तो वैट-सिक्सटी नाइन है, स्कॉच !...ड्रिंक से इसका कोई ताल्लुक नहीं।

...आश्चर्य। बिराटनगर-नेपाल में आनन्द ने भी पहली बार 'वैट-सिक्सटी नाइन' की ही बोतल खोली थी—महान्ती की अनुपस्थिति में।...ठिंगनी बोतल !

श्रीमती आनन्द उठकर पर्दों को सरका आई। बाहर की रोशनी बुझ गई। अन्दर का नीला चाँद जला।...मिस्टर आनन्द की बड़ी तस्वीर में माला लटक रही है। तस्वीर के पास दीवार पर एक छिपकली दौड़कर पतंगों को पकड़ रही है।

अपने पति मिस्टर आनन्द को छोड़कर और किसी पुरुष के सामने श्रीमती आनन्द ने कभी ड्रिंक नहीं किया। मिस्टर आनन्द के मित्रों के सामने वह शराब के गिलास को छूती तक नहीं। मिस्टर आनन्द मौज में आकर कभी-कभी दुराग्रह करने लगते हैं, अपने मित्रों की ओर से—ज्योति ! आज तक नहीं पी। ठीक है। अब ये कहते हैं तो एक घूँट !...

तब श्रीमती आनन्द डरी-दुबकी उठकर भाग जाती है।

किन्तु मिस्टर आनन्द के साथ 'सोलन' व्हिस्की ही पीती है—और तीन-चार पैग पीकर भी होश में रहती है।

श्रीमती आनन्द ने एक गिलास लाकर सामने रख दिया।

बागे ने भौंहों को चढ़ा लिया—भाभी ! नखरा मत कीजिए। ले आइए गिलास।

...बोतल खुलने के पहले ही यह कैसा नशा छा गया ?

—बागे, तुम यह बोतल अपने साथ लेते जाना, याद करके। तुम आनन्द को नहीं जानते।

श्रीमती आनन्द गिलास ले आई—बागे, तुम बहुत लड़कपन करते हो। तुम आनन्द को नहीं जानते। सूँघकर जान लेता है सबकुछ।...तुम्हारी बात रख लूँगी। बस, एक ड्राप !

बागे ने अपनी भाषा में कुछ बुदबुदाकर—वैट की ठिंगनी बोतल को खोला। श्रीमती आनन्द ने तुरत बोतल में नाक लगाकर सूँघ लिया।

—सोडा लोगे या पानी ?

—पानी।...और आप ?

—अरे-रे, यह तुमने क्या किया ? पूरा डबल पैग डाल दिया तुमने ?

—माप-तौल का अन्दाज तो बहुत सही करती हैं भाभी !

गिलास टकराए—तुनुक टुँ-टुँ शब्द के साथ !

श्रीमती आनन्द दो घूँट में ही गटक गई और गला पकड़ बैठ गई, मानो कंठनली जल गई उसकी। पहली बार पी रही हो जैसे।

...इसको कहते हैं औरत !

...ठिंगनी बोतल पर दो बदसूरत चेहरे प्रतिबिम्बित हुए।

ठिंगनी बोतल झुकती गई।...69 नम्बर का असली स्कॉच !

बागे ने फिर ग्रामोद्योगी-माल की चर्चा चलाई।

...आश्चर्य ! श्रीमती आनन्द पीने के बाद इतना 'सॉबर' हो जाती है ?

—बागे, इस समय भी तो उन्हें भूलो।

—क्षमा कीजिए !

बागे सचमुच लजा गया।

ठिंगनी बोतल खाली होती गई धीरे-धीरे।

...बागे ! बागे...लड़कपन मत करो। मुझे अब मत दो। मुझे पिलाकर बेहोश क्यों करना चाहते हो आखिर ? क्यों ?

आपको पिलाकर बेहोश नहीं कर सकता कोई !

—तब ?

...बागे ! बागे ! तुम आनन्द को नहीं जानते।

...आनन्द को बागे नहीं जानेगा तो और कौन जानेगा श्रीमतीजी ! बागे यह भी जानता है कि बुड्ढा वहाँ हिमालय होटल में क्यों पड़ा हुआ है, दो सप्ताह से। पार्टी से नेपाली-रक्सी और 'कांछी' का पूरा पैसा हिसाब करके लेगा।

बागे अब इधर-उधर नहीं देखता कुछ। एकटक श्रीमती आनन्द में खो गया है।

...आदिवासी, घोर श्याम वर्ण युवक !

...ठिंगनी बोतल घुटनों के बल खड़ी है। आ...ह ! बा...गे !!

...वैट-सिक्सटी नाइन।

...सिक्सटी नाइन ?

...दो जाम !

...दो आँखें !

...6...9...69 !!

...फिन आलो, बेहाला पर लोकधुन बजा रहा है, घोष ?

...फिन आलो, फिन आलो, फिन-फिन... !

...बागे...बागे !...एकदम सब आलो।

...सि-ई-ई-सि...।

बागे को चलते वक्त याद आया—एक उपहार वह ले आया था श्रीमती आनन्द के लिए।

श्रीमती आनन्द ने वैट-सिक्सटी नाइन की खाली बोतल हाथ में थमाते कहा—तुम आनन्द को...! यह क्या ?

...बागे !

...आप दिल्ली जा रही हैं, कॉन्फ्रेंस में। वहाँ देश-विदेश की महिलाएँ आवेंगी।...आपके गले में यह मेरी याद, आज की, झूलती रहे !

बागे आनन्द को जान गया है, शायद।

...स्खलित औरत ? खाली बोतल ?

सेंटर की लेडी हेल्थ-विजिटर रानीबाला एरिया-विजिट करके लौटते समय उदास होकर बोली—बेला दी, मुझे तो न जाने कैसी शंका हो रही है !

—क्या ?

—बिरजू के रोग के अद्‌भुत लक्षण देखकर ही मेरा माथा ठनका था।...बिरजू को लेकर यह तीसरा केस हुआ ऐसा।

—क्या अनुमान है तुम्हारा ?

—बात समझ में नहीं आती है। हँसता-खेलता हुआ बच्चा हठात् काँपने लगता है। आँखें मूँद लेता है। आश्चर्य ! देह की ताप बड़ी स्वाभाविक रहती है और धीरे-धीरे रोगी सिंक कर जाता है।... बेचारा बिरजू कल ही कह रहा था, अगले साल बेबी-शो में मेरी छोटी बहन को इनाम मिलेगा।

—तुमने डॉक्टर चाको को रिपोर्ट दी है ?

—डॉक्टर चाको कहती हैं, कुछ नहीं है। गन्दगी, पौष्टिक भोजन के अभाव में अखाद्य-कुखाद्य खाकर जो रोग न हो जाए।

...पौष्टिक भोजन ? हुँ ! पेट-भर खाने को मिल जाए, गनीमत है।

—नहीं रानी, तुमको जो शंकाएँ हो रही हैं, लिखकर भेजो हेल्थ-ऑफिसर को। तीनों बच्चों की केस-हिस्ट्री विस्तारपूर्वक तैयार करके दो।

...गुलबी, शौकत और बिरजू !

मिल्क-सेंटर के बच्चों में मायूसी छाई हुई है। सेंटर का सदा मुखरित रहनेवाला कोना आज गुमसुम है। बिरजू की मीठी शैतानी की याद आती है, कोमल-मति बच्चों को। दुनिया-भर के बुझौबल थे, उसके पेट में। आते ही चिल्लाता—बूझो तो ?...एक चिरैया ऐसी, खूँटें पर बैठी, मुँह में न बोली, न आँख से रोती, बैठी-बैठी काली बुढ़िया की गोटेवाली चुनरी धोती। बोलो, क्या है ?

बच्चों से लेकर बूढ़ों की नकल वह अविकल उतारता। एक बार गूँगा बनकर डॉक्टर चाको को अचरज में डाल दिया था बिरजू ने।...

उसकी जगह पर कोई नहीं बैठ सकता था...ए ! ए !! बाबू बिजेन्द्रलाल की जगह पर कौन बैठा है ?

...बाबू बिजेन्द्रलाल की जगह खाली है !

रामरति ने उसका कार्ड निकालकर एक ओर रख दिया है। लेडी हेल्थ-विजिटर ने लाल रोशनाई से लिख दिया—डायड !

सबसे डरनेवाली, गोलमटोल गुलबी की बड़ी-बड़ी आँखें थीं।

और, शौकत जो हमेशा किसी गीत की कड़ी गाता-गुनगुनाता रहता था, लट्टू में डोरी लपेटता हुआ–अजमेरवाले-ए-ए ओ अजमेरवाले, मेरी सुन लेना अरजी, फिर मानो नहीं मानो है तुम्हारी मरजी !...

बुलबुल के रॉकेट कुमार को कोई चुरा ले गया। जली हुई सुपारी और सेंटर का दूध पीकर रॉकेट तन्दुरुस्त हो गया था। उसकी याद आते ही बुलबुल रोनी सूरत बनाकर कहती है–टुथमन थब की नदल लग गई !

दुश्मन की नजर ?

...मिल्क-सेंटर में एकत्रित बच्चे खेल रहे हैं।

...छोटे-छोटे चूजों का चुनमुन-कूजन !!

पेड़ पर बैठे हुए चील की नजर झुण्ड पर लगी हुई है। घात लगाकर बैठा है।

...हाहास ! चें-ए-चेंए !! ले गया, ले गया !!

...सभी पंछियों की आँखों में आतंक, पंखों में कम्पन !

...एक चिरैया ऐसी, खूँटे पर बैठी !

...गुलबी बेटी रे-ए-ए !

हाय-हाय, तुमने खूब सुनी अरजी। ओ अजमेरवाले !

बेला गुप्त को लगता है, सभी सन्तानहारा माताएँ उसी को ढूँढ़ रही हैं, पागल होकर। अपने खोए हुए शिशुओं को, छाती पीट-पीटकर खोजनेवाले सभी पिता–उसके बाप हैं...बेटी ! लौट आओ-ओ-ओ ! बे-ला-आ-आ !!

–दीदीजी, कुछ खाइएगा नहीं तो थोड़ा दूध ही पी लीजिए !

...रामरति क्या कहे ? सारे एरिया के बच्चों के लिए इतना मोह बेकार करती हैं। मरना-जीना तो लगा ही हुआ है। देह आखिर देह है।

बेला गुप्त मिल्क-सेंटर के ग्रुप-फोटोग्राफ को देख रही है... बिरजू गूँगे-जैसा हाव-भाव बनाकर कैमरे की ओर देख रहा है।... गोलमटोल गुलबी बाँकी निगाह से देख रही है।...और, फैज पहने

शौकत की यह मुद्रा ! लगता है, अभी शुरू कर देगा–ओ अजमेरवाले-ए-ए...।

...कोई अरजी नहीं सुनता शौकत ! यहाँ अरजी सुननेवाला कोई नहीं !

कुन्ती देवी दाईकित्ता की 'मेंट' हो गई है अब।

किसी ने उसे चुना नहीं है। वह अपने मुँह के जोर और बुद्धि के बल से सब ट्रेनी-लड़कियों की प्रतिनिधि बन गई है। बड़ी मेम से मुँहामुँही बात करती है। बड़ी मेम भी उसको मानने लगी है। हँसकर बोलती है कुन्ती देवी से।...देखा नहीं, उस दिन आते समय कुन्ती देवी ने कहा, मेम साहब, रिक्सा-भाड़ा का पैसा नहीं है। बड़ी मेम ने तुरत अपने बटुआ से दो रुपये का नोट निकालकर दे दिया– रिक्सा से जो बचे तुम लोग चाय पीना। कुन्ती देवी ने न किसी को रिक्से पर चढ़ाया और न चाय पिलाया– दोनों रुपये हड़प गई। ...कौन बोले ?

विभावती पर बड़ी मेम नाराज हैं, मन-ही-मन। बड़ी मेम के किरानी साहब कह रहे थे, यदि विभावती 'अफिडिफिट' नहीं करवाएगी तो ट्रेनिंग से निकाल दी जाएगी और जो स्टाइपन मिला है, जोड़कर वसूल कर लेगी सरकार।...सरकारी काम है कि खेल है ? स्कूल-सार्टिफिकेट के मुताबिक विभावती की उम्र होती है–चौदह साल आठ महीने। फार्म में भरी है, उन्नीस साल।

–अफिडिफिट कैसे करवाएगी ?

–कचहरी में हलफ लेकर कहेगी कि मैं विभावती देवी, वल्द...हलफ लेकर कहती हूँ कि जो कुछ कह रही हूँ, होश में...।

–उतना कहने की क्या जरूरत ?

...तारा देवी भी आजकल मजेदार गप करने लगी है।

–तब क्या कहेगी ?

–अरे, दुकान पर जाकर रबड़ के गेंदवाली तीन लम्बर की चोली

खरीदकर पहन ले, फिर काहे का अफिडिफिट और काहे का हलफ...? डॉक्टर चाको को नहीं देखती, लगता है, जैसे असली है एकदम !

—गौरी ने जूती खरीदी है। ऐंड़ीवाली।

—देखा है।

—खरीदी है या...किसी ने खरीद दिया है ?

—भगवान जाने।

—उस दिन देखा उस चश्मावाले 'इश्टूडण्ट' को, गौरी देवी को कितना बढ़िया 'कलण्डर' लाकर दिया ?

कुन्ती देवी बोली—अरे वह शुरू-शुरू में मेरे आसपास बड़ा चक्कर मारता था। मैंने एक दिन कसके सुना दिया...रिपोर्ट कर दूँगी जाकर चाको मेम साहब के पास।

तारा देवी बोली—अच्छा, जानकी बुआ, उस दाढ़ीवाले 'कम्पोटर' से आपकी पहले से जान-पहचान है क्या ?

—हाँ, पहले चनपटिया अस्पताल में था। क्यों ?

—पूछ रही हूँ।...आदमी बड़ा भला है लेकिन। है कि नहीं ?

जानकी देवी दाँत में दियासलाई की तीली डालती हुई बोली—अपने भला रहो तो सब भला।...देखो न, दुनिया-भर का टिंगचर-आयडिन बोतल में भरकर दे गया है कल।

—दे गया है ? मुझे भी देना एक छोटी शीशी-भर।

—मुझे भी।

—और स्प्रिट भी तो दे गया है एक बोतल ! नीला स्प्रिट है या सादा ?

नीला स्प्रिट !

कहते हैं कि बाँकीपुर जेनरल हॉस्पिटल की ऑडिट-रिपोर्ट में एक साल स्प्रिट की खपत पर भीषण आश्चर्य प्रकट किया गया। स्वास्थ्य-विभाग के अधिकारियों की आँखें खुलीं। सचमुच ! एक वर्ष में तीस ड्राम स्प्रिट यहाँ के कुली-जमादार वगैरह मिलकर सोख गए। इसके बाद, स्प्रिट में कोई नीला पदार्थ, शायद तूतिया मिलाया

जाने लगा।...बाद में नीले स्प्रिट को विषरहित करने का भेद भी लोग जान गए। स्प्रिट में रूई भिगोकर चूसने लगे हैं।...नीलकंठ लोग ईथर भी पीकर पचा जाते हैं।

—क्यों, नीला-पीला क्यों पूछ रही है ?

—पीएगी क्या ?

—तुमने मँगाया है काहे ?

—मैंने अपने 'झंझट' के समय के लिए मँगाया है। दो चमचा निकालकर, पानी में डालकर पी लेती हूँ तो चैन रहता है।...पीएगी ?

—कुछ होगा तो नहीं ?

जानकी देवी ने दरवाजा बन्द कर दिया।

तीनों ने स्प्रिट में पानी मिलाकर पीया।...ए ! होशियारी से। बीड़ी मत पीना अभी।

तीनों अधेड़ महिलाओं ने बाहर आकर बीड़ी सुलगाई। नशा सिर पर सन्न से सवार हो गया—मानो बारूद में पलीता ! तीनों के चेहरे जलने लगे—दप-दप !

तीनों ने कबूल किया—चीज अच्छी है।

फिर, तीनों ने स्वीकारोक्ति की—अच्छी-से-अच्छी चीज भी पी है उन लोगों ने।

कुन्ती देवी बोली—मैं चाहूँ तो रोज मँगा सकती हूँ, पी सकती हूँ—किसी की नानी भी नहीं परख सकेगी। लेकिन मैं इसलिए नहीं मँगाती-पीती कि पीने के बाद मेरा मन काबू में नहीं रहता है।

—पीने के बाद किसी का मन काबू में नहीं रहता।

—जानती हो, ऊपरवाली सुरती सहुआइन को ? नहाने की कोठरी की इधरवाली खिड़की खोलकर नहाती है। और जैसे ही वह नहाने के घर में आई कि उधर गली के दुमंजिले पर एक जेंटलमैन बाबू आकर खड़ा हो जाता है और टक-टक—एकटक देखता रहता है। और यह खिड़की के सामने ही देह रगड़ेगी—पर्दा खिसकाकर।

—ओ-हो, रविवार के दिन मैंने भी देखा था।

—जानबूझकर खिड़की खोलती है।

—अरी, मैं तो उस दिन हँसते-हँसते मर गई। कहती हूँ कि... टकटकी लगाकर बैठे हुए उस जैंटलमैन का मुँह देखकर—हा-हा-हा-हा !

—सुरती सहुआइन के साथ भी एक 'दुम' ?

—दुम यहाँ सभी के हैं।

—एक हम्हीं लोग हैं कि बेदुम—हा-हा-हा !

—ए, जानकी देवी, जोर से मत हँसिए। छोटी मेम की बच्ची सब बगल में ही है।

—मैं हँसूँगी, मैं रोऊँगी अपने कमरे में। कोई क्या कर लेगी, देखूँ।

—देखना, इस छिनाल छोटी मेम से बदला नहीं लिया तो कुन्ती देवी नाम नहीं।

—रुकमिनी को मौज हुआ। अब घर में ही रहती है।

—रामरतिया का घरवाला आया था, सुनती हूँ।

—तो रामरतिया इस बार जाएगी ससुराल ?

—रामरतिया ससुराल जाएगी तो यहाँ फिर रामगुलाम हलवाई, रस में जिलेबी को छनौटा से कैसे तर करेगा ?

—ईह ! खचड़ी रात में फाटक खोलकर चरने चली जाती है रोज।...कान में सोने के झुमके ऐसे ही नहीं झूलते हैं। कस्बिन ! खेला करती है और कुन्ती देवी की चुगली लगाती है। सब खेला निकालूँगी—यहाँ जवानी...पुलिस-हवलदार और जमादारों के साथ काट चुकी है कुन्ती देवी। देखना !

जानकी देवी के मन में भक्ति-भाव जाग उठा। वह गुटका ब्रह्मनन्दी-भजन खोलकर गाने लगी, धीरे-धीरे—राग बनजरा...इस दुनिया का सबकुछ खेला-आ-आ, यह दो दिन का है मेला-आ-आ, यह चलाचली का बेला।

—मेला की याद मत दिलाओ जानकी देवी !

—क्यों, कुन्ती देवी, मन काबू से बाहर हो रहा है ?

विभावती और गौरी अपने कमरे में कैरमबोर्ड खेल रही थीं।

गौरी चिल्लाई–गिरी है कुइन इस बार !

...विभावतिया ! तुमको भी देखेगी कुन्ती देवी !

प्रोफेसर निगम बाहर से आई और दरवाजा बन्द कर अपने बिछावन पर लेट गई। रेवा वर्मा समझ गई, सीधे रेडियो से आ रही है प्रोफेसर निगम। आज रविवार था न ?...क्या हुआ इसको आज ? फिर कोई ढंग पसारेगी क्या ?...अरे, यह तो रो रही है ?... दरवाजा क्यों बन्द किया ?

रेवा वर्मा प्रोफेसर निगम के पास गई–रमा बहन ! क्या हुआ ?

–मैं लुट गई रेवा...।

–कहाँ ?...पर्स ?

...अच्छा ? तो ये आनन्द के आँसू हैं ? यह छटपटाहट... रिफ्लेक्स-एक्शन ?...इक्सटेटिक ?...इक्साइटमेंट ?

–रमा बहन, इस तरह तकिया में मुँह गड़ाकर बोलेगी तो मैं

क्या समझूँगी ?

—तुम्हारे लाल-भाई ने...।

—देखो, रमा बहन, मैं कह दूँ ! वह मोदी सभी का लाल-भाई है, पर मेरा कोई नहीं। अब बोलो ! क्या किया लाल-भाई ने ? तुम भी रमा बहन, इस जमाने में रहकर भी प्लेटोनिक-लव को...।

—प्लेटोनिक नहीं रेवा...।

—तो ?

इसके बाद प्रोफेसर निगम ने विस्तारपूर्वक अपने लुट जाने की घटना का वर्णन शुरू किया—सिसकियाँ ले-लेकर। कैसे उसका कलेजा धड़क रहा था...स्टुडियो में पोग्राम चल रहा है और इधर बूथ नम्बर छह में लाल-भाई ने 'फेडर' ऑन करके,...मैं क्या जानूँ उनके मन की बात...।

रेवा ने रोका—बस, बस—रमा बहन, यहीं तक। इससे आगे लोग न कुछ कहते हैं, न सुनते हैं।...और, इस खेल में लुट जाने के बावजूद लोग मिठाई खिलाते हैं। बुलाऊँ रामरति को ?

...प्रोफेसर निगम मुँह छुपाकर रो रही है या हँस रही है ?

—रेवा !

—क्या ?

—मैं मर जाना चाहती हूँ।

रेवा वर्मा ने घृणा से मुँह विकृत कर लिया...जब 'गुरुआइन' का यह हाल है तो 'चेलाइनों' के मालिक भगवान ही हैं।

रेवा वर्मा टेबल-घड़ी की ओर देखकर हठात् चिहुँक पड़ी—अरे हाँ, रमा बहन, छै बज रहे हैं ? आज तो सिफ्टन-हॉल में अंजू-मंजू का नाच है। चलोगी ?

रेवा वर्मा ने अपने बैग से एक रंगीन कार्ड निकालकर पढ़ा—श्री सुखमय घोष के निर्देशन में—जुड़वाँ बहन अंजू-मंजू का नया लोकनृत्य—वाइफ एण्ड हसबैंड। स्थान—सिफ्टन-हॉल, समय— साढ़े छै बजे...।

रमा निगम बोली—नहीं रेवा, मैं कहीं नहीं जाऊँगी।

रेवा वर्मा ने झिड़की दी—रमा बहन, अब नखड़ा छोड़ो !

बेला गुप्त को अचरज हुआ, श्रीमती आनन्द ने अपने हाथ से अंग्रेजी में पुर्जा लिखकर भेजा है—आज सभी ट्रेनी-लड़कियों को 'नाइट-पास' दे देना।...

कुन्ती देवी बोली—बड़ी मेम साहेब कहिन हैं कि यदि छुट्टी नहीं मिले तो तुरंत टेलीफून कर देना।

बेला गुप्त ने मुस्कुराकर पूछा—क्यों ? आप लोग रात में कहाँ रहेंगी ?...सिनेमा ?

—जी नहीं, अंजू-मंजू मिस साहेब का नाच है। सबको 'काट' मिला है।...आपको तो काट भेजिन थे बड़ी मेम साहेब के बड़ा बाबू !

बेला गुप्त पूर्ववत् मुस्कुराती रही—जाइए।

कुन्ती देवी दाईकित्ता में जाकर हाथ चमका-चमकाकर भाषण देने लगी—आज यदि छुट्टी नहीं देती छोटी मेम तो—एकदम हड़ताल हो जाता। इसी को कहते हैं—तुम्हारा डर नहीं, डर तुम्हारे गोसैंया का। देखा ? जैसे ही टेलीफून का नाम लिया... !

रेवा वर्मा और रमा निगम के बाद होस्टल की अन्य महिलाओं ने भी छुट्टी माँगी और बेला गुप्त ने सभी को ठीक इसी अन्दाज में मुस्कुराकर कहा—जाइए।

—रामरति ! देख तो, रानी एरिया से लौटकर आई है या नहीं ? कहना, एक बार बच्चों के कार्ड और रजिस्टर लेकर इधर आए।

बिरजू, शौकत, गुलबी, रामचन्दर, पिण्टो, कलावती, मुरुल, नाथू, गोबिन्द—सब मिलाकर पन्द्रह बच्चों की मृत्यु हुई है !

इस नये और अनजाने शिशु-रोग के बारे में, हेल्थ-सर्विसेज के मेडिकल-ऑफिसर को एक आवश्यक पत्र लिखवाना चाहती है बेला गुप्त। कल वह स्वयं जाएगी एम. ओ. के बँगले पर। डॉक्टर चाको ने तो आज लेडी हेल्थ-विजिटर रानीबाला से स्पष्ट शब्दों में कह

दिया—अपनी बेला दीदी से अपना काम देखने को कहो।...इस देश का अजब हाल है। जिसे देखो, वही मेडिकल-साइंस में नाक घुसाने की कोशिश कर रहा है !...

लेडी हेल्थ-विजिटर रानीबाला आई—बेला'दी ! दो केस...सीजर ...नयी-सड़क का रमेश और गोरपाड़ा का कुन्दनलाल !

बेला गुप्त पत्र लिखवाने लगी—लिखो...सिर्फ एक सप्ताह में पन्द्रह बच्चों की मृत्यु इस अनाम शिशु-रोग से हो चुकी है। दो नये केस की सूचना पत्र लिखते समय मिली है। हमने अपनी 'चिल्ड्रेंस क्लिनिक' की ऑनररी डॉक्टर को लिखकर इसकी सूचना दी है। आपसे निवेदन है कि शीघ्र ही...।

नई-सड़क से रमेश की माँ दौड़ी आई—बेला दीदी ! आप एक बार चलकर रमेश के माथे पर हाथ रख दीजिए। आपका नाम लेकर पुकारता है—होश में आते ही। आपके पैर पड़ती हूँ...।

बेला गुप्त और रानीबाला ने पहुँचकर देखा, रमेश लड़ रहा है। रह-रहकर वह मुट्ठी बाँधकर देह को झाड़ता है। आँखें खोलता है और बड़बड़ाता है।

रमेश की बूढ़ी दादी कहती है—बाय है, बाय ! जब से अदरख के रस में चाँदमड़वा की जड़ घिसकर दिया है, देह में गर्मी आ गई है।...आप लोग कोई दवा अभी मत दीजिए।

बेला गुप्त को अचरज हुआ, बूढ़ी शान्त चित्त से हुक्का गुड़गुड़ा रही है। रमेश की माँ का दिल स्थिर नहीं। वह देवी- देवताओं को मनौती कबूलती जा रही है, भरे गले से—जै गंगा मैया !...काली माता, काला छागल चढ़ाऊँगी...भगवती...! बूढ़ी डाँटती है—बहू ! तू हट जा यहाँ से। मनौती-चढ़ावा जाकर उस घर में कबूल करो। अरे बाय है, बाय। अभी तुरत ठीक हो जाएगा लल्लू मेरा। तू कुलच्छन-भरी बातें मत बको।

बूढ़ी ने पुकारा—बेटा लल्लू !...रमेश ! आँखें खोलो भैया !...हाँ, अब आँखों में लाली नहीं। देख, कौन आई है। बेला दीदी आई है तुम्हारी।

रमेश का बाप एक ओझा को साथ लेकर आया—मैया ! घर खाली कर दो। ओझाजी चक्कर पूजेंगे।

—क्या होगा चक्कर पूजकर ? अरे, बाय है, बाय। इसमें ओझा-गुनी और डागडर-बैद का क्या काम ? अभी तुरत ठीक हो जाएगा।

बेला गुप्त ने रानीबाला से कहा—नाड़ी देखो तो।

रानीबाला नाड़ी पर हाथ रखकर चौंकी—नार्मल ?

अब बेला गुप्त को बूढ़ी की बात पर थोड़ा विश्वास हुआ। उसने पूछा—रमेश की दादी ! चाँदमड़वा की जड़ कहाँ मिलती है ?

—यहाँ तो पंसारियों के पास ही मिलती है। गाँव में अली- गली और जंगल-मैदान में इसकी झाड़ी फलों से भरी रहती है— बारहों मास। जड़ ही नहीं, इसके पत्ते में भी बहुत गुन !

—आपने इस 'बाय' को कैसे पहचाना ?

बूढ़ी हँसने लगी—लच्छन देखकर।...एक बार, हमारे नैहर का एक टोला ही 'समापत्त' हो गया था इस रोग से।

—यह छुतैला रोग है ? रानीबाला ने प्रश्न किया।

रमेश उठकर बैठ गया—अम्माँ !

बेला गुप्त ने रमेश को पुकारा—रमेश !

रमेश ने उलटकर देखा और अपनी नंगी देह को कपड़े से ढँकने लगा। उसके मुर्झाए हुए होंठों पर मुस्कुराहट की एक पतली रेखा खिंच गई।

बेला गुप्त ने रानीबाला से कहा—रानी, तुम एक बार कुन्दन के घर जाकर बूढ़ी अम्माँ की बताई हुई दवा दे आओ।

रमेश की दीदी ने चाँदमड़वा की जड़ी अपनी पिटारी से निकालकर दी—पहले अदरख को पीसकर रस निकालने कहिएगा... और हाँ, अदरख में एक बूँद भी पानी न पड़े। इसके बाद जड़ी को उसी सिलवट पर घिसकर बराबर दो बार पिला दे !

रानीबाला बोली—पंसारी की दुकान में यह जड़ी मिलेगी तो ?

रमेश ने कहा—अम्माँ, मुझे भूख लगी है।

बेला गुप्त और रमेश की माँ ने बूढ़ी की ओर देखा।

बूढ़ी ने कहा—भूख लगी है ? पुराने चावल का भात, एक मुट्ठी जल्दी पका दो और ओझा-गुनी बुलाकर लानेवाले से कहो— कहीं से कागजी नीबू ले आवे, एकदम हरा !

बेला गुप्त बहुत देर तक रमेश के साथ बैठी रही।

रमेश ने बहुत रुचि से नीबू और नून के साथ भात खाया।

...यमराज को नीबू-नून चटा दिया, बूढ़ी ने ?

सिफ्टन-हॉल खचाखच भर गया है।

सुखमय घोष ने, कार्ड बाँटने के समय हॉल की कुर्सियों की संख्या का लेखा-जोखा लेने की कोई आवश्यकता नहीं समझी। किन्तु ऊपर बालकनी को 'सिर्फ महिलाओं के लिए' सुरक्षित रखने के लिए, अंग्रेजी के अलावा दो प्रमुख भारतीय भाषाओं की तख्तियाँ लटकाई गई थीं...सब बेकार !

अकेला सुखमय घोष क्या करे ? बाहर आकर लोगों का स्वागत करे या भीतर में 'मेकअप' पर नजर रखे ! दफ्तर के दोनों चपरासी और माली ने ऐन मौके पर विद्रोह कर दिया—यदि उनके साथ आए हुए लोगों को अन्दर नहीं होने दिया गया तो वे कोई काम नहीं करेंगे। और हर आदमी के साथ पन्द्रह से लेकर बीस औरत-मर्द-बच्चे !

सुखमय घोष उत्तेजित होकर धमकी दे रहा है—तुम लोग क्या लाट साहब से भी बढ़कर पोजिशनवाला है ? अगाड़ी का सभी कुर्सी खाली कराने बोलता है ? खूब अस्पोर्धा हुआ है तुम लोगों का, ठहरो, अभी बोलता है मेम साहब को !

श्रीमती ज्योत्स्ना आनन्द ने सुखमय घोष को बुलाकर झिड़की दी—क्या हो रहा है घोष ? देरी क्या...?

सुखमय घोष तुतलाया—आगे ड्रेसिंग में थोड़ा देरी है और थोड़ा फौकिंसग का वायरिंग में !

श्रीमती आनन्द के पास बैठे हुए बागे ने धीरे से चुटकी ली—फौक्सी ?

श्रीमती आनन्द ने आँखों से ही बागे को डाँट दिया—शैतानी मत करो। डी. साहब देख रहे हैं।

कुन्ती देवी भीड़ को चीरती हुई बड़ी मेम के पास इस्तदुआ लेकर पहुँची—मेम साहब ! ऊपर में सभी लड़कियों की देह लड़कों की धकमधुक्की के मारे छिला रही है। दुनिया-भर के गुण्डे...।

श्रीमती आनन्द ने बागे को ऊपर भेजा—बागे, सभी ट्रेनी-लड़कियों को यहीं ले आओ !

बागे लड़कियों का उद्धार करने ऊपर की ओर भागा और हॉल की रोशनी बुझ गई।

...स्टेज पर घना अन्धकार। नील आकाश में एक नक्षत्र जगमगा रहा।

...हलकी रोशनी के साथ बेहाला पर—कु-क-कडू-कूँ-ऊँ ! दर्शकों ने एक स्वर में बाँग देना शुरू किया—कु-क्-क-डूँ-कूँ-ऊँ !!

...बेहाला पर कोयल की कूक ! नील-गगन का तारा बुझ गया। हलके-हलके अंधकार में एक लड़की सोई है। लड़की धीरे-धीरे करवट लेती है।...हॉल में जनता कूकती है—एकसाथ सैकड़ों कुहू ! पीली रोशनी की एक चंचल छटा, वक्षस्थल पर...चोटियों पर स्थिर हो गई।

ऊपर बालकनी में कोलाहल शुरू हुआ।

...मारो-मारो ! पकड़ो !! रोशनी जलाओ...ए-ए, कौन है—मैया री मैया, ए शान्ति...!!

...मेन स्विच ऑफ ?

हॉल के अन्धकार में—पीली रोशनी में प्रदर्शित दृश्य विभिन्न रंगों में तैरने लगे। अन्धकार के पर्दे पर—कम्मलिमेण्टरी-कलर्स में प्रतिफलित छाया ! रेखाएँ-त्रिभुज, वृत्त, चक्र...।

कोलाहल को चीरती हुई कुन्ती देवी के कर्कश कंठ की पुकार हॉल में गूँज रही है—बड़ी मे-ए-म सा-आ-आ-हे-ब !

भगवान भला करें लाल-भाई का। वे नहीं होते तो रेवा वर्मा और रमा निगम की भी वही दुर्दशा होती जो विभावती और गौरी की हुई है। पटनेश्वरी और शिप्रा को भी लाल-भाई ने ही बचाया—गुण्डों के हाथ से। लाल-भाई को देखते ही गुण्डों का घेरा टूट गया। सभी एक-एक कर गायब हो गए।

रात के तीन बजे श्रीमती ज्योत्स्ना आनन्द के ड्राइवर अब्दुल ने आकर फाटक ढबढबाया। गाड़ी से कुहरती हुई विभावती उतरी, कुन्ती देवी का सहारा लेकर। गौरी सिसकियाँ ले रही थी और गाड़ी में बैठे हुए मिस्टर बागे उसे समझा रहे थे—देखो, नासमझ मत बनो। चुप रहो। चुप रहो...।

बेला गुप्त को कुन्ती देवी ने सूचना दी, विभावती और गौरी अँधेरे में सीढ़ी से फिसलकर गिर पड़ी हैं। बड़ी मेम साहब ने अपने हाथ टिंचर-आयडिन लगा दिया है। अंजू-मंजू को बड़ी मेम अपने बँगले पर ले गई हैं। बेला गुप्त के दिमाग के पर्दे पर अभी सिर्फ मरते-मरते जी उठनेवाले शिशु रमेश का मुखड़ा नाच रहा है। रमेश सचमुच जी गया ! तो, अदरख के रस में इतना गुण है ? जहाँ कोरामिन की सूई का कोई असर नहीं होता, नाड़ी मन्द पड़ती जाती है—वहाँ एक चम्मच अदरख के रस से ही देह में गर्मी आ जाती है ?

—दीदीजी !—रामरति ने पुकारा—बड़ी मेम साहब आई हैं !

श्रीमती ज्योत्स्ना आनन्द अभी पाँच बजे भोर में ही क्यों आई हैं ?

—बेला ! माफ करना, मैंने तुमको असमय में ही आकर जगा दिया। सुनो, आज युनिसेफ के एक अमेरिकन ऑफिसर आ रहे हैं। लेकिन, आज मैं राजगीर जा रही हूँ। और यह तो अन्याय है। बिना किसी सूचना के इस तरह टेलीग्राम दौड़ाने का क्या मतलब है ? दिन-भर उनके साथ सेंटरों में चक्कर काटने के लिए मेरे पास समय नहीं। मैं राजगीर के प्रोग्राम को पोस्टपोण्ड नहीं कर सकती।...देखो, हेल्थ-सर्विसेज वाले उन्हें यहाँ ले आवेंगे। तुम कह

देना कि स्टॉक-रजिस्टर सेक्रेटरी के पास है। दिखलाना मत।...बात यह है बेली, इस अभागे सुखमय घोष ने नये स्टॉक को कहीं इण्टर ही नहीं किया है। मैं इसी बार उसको भी खलास करवाती हूँ।... जानती हो, रात में उस अभागे के कारण हमारी जान कैसी साँसत में पड़ गई थी। मत पूछो–मैंने तय कर लिया है, अंजू-मंजू को कभी स्टेज पर उतरने नहीं दूँगी। और हाँ, अब वे मेरे ही बँगले पर रहेंगी ...तुम्हारा सिरदर्द दूर हुआ !

कुन्ती देवी बड़ी मेम की बोली सुनकर खड़ाऊँ खटखटाती हुई आई, आँखें मलती–परनाम बड़ी मेम साहब !

–क्या है ? श्रीमती आनन्द ने रुखाई से पूछा।

कुन्ती देवी बोली–आपसे एक प्राइविटी बात है।

–क्या प्राइविटी ?

कुन्ती देवी ने आँखें मटकाकर इशारा किया। अर्थात्–मामला गड़बड़ है। श्रीमती आनन्द पर इसका तुरत असर हुआ। वह बोली–रात के भगदड़ में शायद दो लड़कियों को चोट आ गई है। तुमने देखा है उन्हें ?

बेला गुप्त की समझ में कोई बात नहीं आ रही है। वह रात-भर जगी है। एक गली से दूसरे मुहल्ले में, बीमार बच्चों को देखती फिरी है–रात-भर। सुबह उठकर ही हेल्थ-सर्विसेज के डाइरेक्टर के पास जाने का प्रोग्राम बनाया है उसने–रात में ही।... युनिसेफ के ऑफिसर आ रहे हैं ?...अंजू-मंजू रात में नहीं लौटी थीं ? पता नहीं, कौन-कौन लड़कियाँ घायल हुई हैं ?

वह बोली–ज्योतिदी, एक अजीब रोग फैला है। बच्चों की बीमारी ! पिछले कई दिनों में ही सोलह बच्चे...।

श्रीमती आनन्द का ध्यान कुन्ती देवी की ओर था–मैं उन्हें देख आऊँ जरा। क्या बताऊँ–इस अभागे घोष के कारण...।

श्रीमती आनन्द कुन्ती देवी के पीछे-पीछे चली–दाईकित्ता की ओर।

रामरति ने आकर पूछा–दीदीजी, बड़ी मेम के लिए भी चाय

बनावें ?

बेला ने कहा—बनाओ। और जरा हेल्थ-विजिटर को बुलाना।

मुनिया दाईकित्ता में सोई थी। बड़ी मेम की झिड़की खाकर ओठों से कुछ बुदबुदाती हुई आई। रामरति ने पूछा—भोरे-भोर इस तरह साँप का मन्तर क्यों पढ़ रही हो ? क्या हुआ ?

—होगा क्या ? इस कुन्ती देवी को सिंग हुआ है। खुजाती फिरती है।

—दाईकित्ता में तू जाती ही क्यों है ? यहाँ इतनी जगह छोड़कर—दाईकित्ता में मरने जाती है ! किसी दिन कोई अकलंग लगा देगी—तब बूझना मजा।

शिशु-रोग के पुराने विशेषज्ञ तथा हेल्थ-सर्विसेज के मेडिकल-ऑफिसर डॉक्टर मिंझ ने मिस बेला गुप्त को घुड़कती हुई निगाह से देखा—कहिए, क्या है ?

—सर ! पिछले सप्ताह से एक अद्‌भुत रोग फैला है बच्चों में...।

हेल्थ-विजिटर की बात को डॉक्टर मिंझ ने बीच में ही काट दिया—डॉक्टर चाको ने मुझे इसकी सूचना दी है। अब आपको क्या कहना है ? कोई खास बात ?

—सर ! मुझे लगता है कि यह कोई संक्रामक रोग है।

—मान लेता हूँ, संक्रामक रोग है। फिर ?

इस बार मिस बेला गुप्त ने जवाब दिया—डॉक्टर साहब ! यह रोग संक्रामक ही नहीं, इसके लक्षणों से यह साफ हो गया है कि तीस-चालीस मिनटों में ही जान ले लेता है। कोई दवा काम नहीं करती। हम आपके पास...।

डॉक्टर मिंझ ने कहा—जब दवा ही काम नहीं करती कोई तो, मेरे पास क्यों आई हैं ? दुआ कीजिए।

बेला गुप्त अब अपने को जब्त नहीं रख सकी। बोली—डॉक्टर

साहब, आप इस तरह नाराज क्यों हो रहे हैं हम पर ? क्या किसी अजूबा रोग की सूचना देना—अन्याय है ?

बाहर सड़क पर, सुबह का ताजा अखबार लेकर हॉकर चिल्लाया—पढ़िए-पढ़िए ! नेपाली कोठी में पचास जुआड़ी रँगे हाथों पकड़े गए। पचास जुआड़ी कौड़ियों के साथ गिरफ्तार। पढ़िए-पढ़िए—ताजा खबर—देश-विदेश का गर्म-गर्म समाचार—ताजा खबर—जमशेदपुर, भागलपुर और दुमका में एक अजूबा रोग। बच्चों की एक अजब बीमारी फैली है—अजब बीमारी...।

डॉक्टर मिंझ की खुमारी टूटी। अतिरिक्त पान के कारण सुबह उठते ही सिर में दर्द चिनचिना उठा। बेला गुप्त की बदली हुई मुखमुद्रा और अखबार बेचनेवाले की पुकार ने उन्हें झकझोरकर जगा दिया मानो। बोले—नहीं, नाराज नहीं। मैं जानना चाहता था... मेरे कहने का मतलब है कि अब तक मुझे बजाप्ता सूचना क्यों

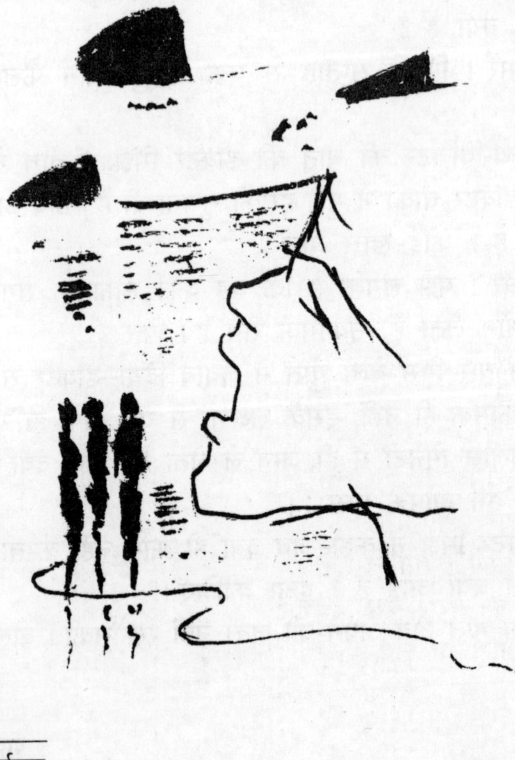

नहीं दी गई ?

—बजाप्ता सूचना ? हमने डॉक्टर चाको से हर रोज निवेदन किया। लेकिन उन्होंने हमारी बात पर ध्यान ही नहीं दिया।

हेल्थ-विजिटर ने कहा—मैंने तो डॉक्टर चाको को लिखकर भी रिपोर्ट दी है।

डॉक्टर मिंझ ने अखबार के पृष्ठों को जल्दी-जल्दी उलटते हुए कहा—डॉक्टर चाको भी अजीब हैं। उन्होंने मुझे कल मजाक में हँसते हुए कहा कि गनपत सिंघ लेन सेंटर की लेडी हेल्थ-विजिटर और वर्किंग-विमेंस हॉस्टल की सुपरिंटेंडेंट ने एक नई बीमारी की खोज की है।...इसलिए मैंने तो समझा कि...।

...जमशेदपुर में बीस बच्चों की मृत्यु !

...दुमका में—तेरह !

...सुलतानगंज में—पन्द्रह ! डॉक्टर परीशान हैं। कोई दवा काम नहीं करती।

बेला गुप्त ने कहा—सर ! हमारे क्षेत्र में अठारह बच्चों में सोलह बच्चों की मृत्यु हो गई। सिर्फ दो बच्चे रोग-मुक्त हुए हैं।

—हुए हैं ? किस दवा से ? किसके इलाज से ?

बेला गुप्त ने उत्साहित होकर कहा—डॉक्टर साहब ! कल रात में हम एक केस देखने गए थे। बच्चे की दादी ने उसे एक जड़ी घिसकर पिला दी थी और निश्चिन्त बैठी हुक्का गुड़गुड़ा रही थी।

—तो, आपने उस जड़ी के बारे में पूछा नहीं ?

—जी हाँ, चाँदमड़वा और अदरक को घिसकर...।

—यह चाँदमड़वा क्या है ? कहाँ मिलता है ?

—जी, यह जड़ी हर पंसारी की दुकान पर पाई जाती है।

हेल्थ-विजिटर ने अपनी झोली से जड़ी निकालकर दिखलाते हुए कहा—यह देखिए सर ! यही जड़ी है।

—आप लोगों ने इसका प्रयोग किया है ?

—जी सर ! उस बच्चे की सुधरी हुई हालत को देखकर हम लौटे और एक नये केस में यही दवा दी। तत्काल फायदा हुआ।

हेल्थ-विजिटर ने हँसते हुए कहा—एक अजीब बात है, रोग-मुक्त होते ही बच्चे भूख से छटपटाने लगते हैं !

बेला बोली—और, जैसा कि रमेश की दादी ने बताया, रोग-मुक्त होने के बाद भात के साथ कागजी नीबू का रस देना चाहिए।

डॉक्टर मिंझ ने अपनी डायरी में कुछ नोट करते हुए कहा—ठीक है। आप लोग जाइए। धन्यवाद !

दूसरे ही दिन बिहार के सभी प्रमुख पत्रों में 'डॉक्टर मिंझ का फार्मूला' बड़े-बड़े अक्षरों में प्रकाशित हुआ—अखबार बेचनेवाले ने सुबह को आवाज लगाई—पढ़िए-पढ़िए—ताजा समाचार—बाँकीपुर के पुराने डॉक्टर का चमत्कार—अजूबा रोग की दवा निकल गई। जरूर पढ़िए !

चाँदमड़वा की जड़ी और अदरख के रस ने सैकड़ों अबोध और प्यारे बच्चों की जान बचा ली।

रेवा वर्मा आज बहुत उदास है।

प्रोफेसर निगम ने आते ही पूछा—क्यों रेवा, क्या बात है ? आज इस तरह मुँह लटकाकर क्यों बैठी हो ? जमशेदपुर की डाक आज नहीं आई क्या ?

रेवा मानो निगम के लिए ही बैठी थी। निगम के ऐसे सवालों का जवाब वह हमेशा कूट करके देती है, लेकिन आज एक लम्बी साँस लेकर वह चुप रही। अब निगम ने ताड़ लिया, जरूर कोई वैसी बात हुई है ! उसने गम्भीरता से पूछा—क्या बात है रेवा ? बतलाओ, क्या हुआ ?

रेवा की आँखों से आँसू टपक पड़े। वह सुबक-सुबककर रोने लगी। प्रोफेसर रमा निगम ने उसे बाँहों में भरकर पूछा—छिः-छिः रेवा ! इस तरह रोने से मैं क्या समझूँगी ! बोलो न, क्या हुआ ? बोलो...रेवा...जी छोटा न करो ! कोई चिट्ठी आई है ? कहाँ आई है ? कहाँ है चिट्ठी ? लाओ, देखूँ ! अरी—बोलती क्यों नहीं कुछ ?

रोए जा रही है। देखो, पटनेश्वरी आ रही है। क्या समझेगी, सुनो...।

रेवा ने अपने तकिये के नीचे से एक लिफाफा निकालकर दे दिया। प्रोफेसर रमा निगम लिफाफे से पत्र निकालकर पढ़ने लगी। रेवा वर्मा के प्रेमी का ही पत्र है। शुरू में ही आर्षवाक्य की तरह एक प्रचलित संस्कृत श्लोक की गलत पंक्ति लिखी हुई है—त्रिया-चरित्रे पुरषस्य भाग्ये...! और इसके बाद लिखा है—मुझे हमेशा छलनेवाली रेवा !...यह क्या ?

रेवा ने आँसू पोंछते हुए कहा—जानते हैं भगवान। इस आदमी के लिए मैंने माँ-बाप, भाई-बहन, कुल-परिवार सभी को छोड़ा ! और आज यही लिखता है कि मैंने उसके साथ विश्वासघात किया है। रमा बहन, तुम गवाह हो। इस आदमी के चलते मैंने कम-से-कम आध दर्जन लोगों का इन्सल्ट किया। अपने रेडियो स्टेशन के कितने सहकर्मियों से झगड़ा मोल लिया और आज यही लिखता है कि मैंने उसके साथ चालबाजी की है !

रेवा फिर रोने लगी। रमा निगम ने एक ही साँस में चिट्ठी पढ़ ली। बोली—देखो रेवा ! घबराने से काम नहीं चलेगा। इसकी सभी चिट्ठियाँ तुम्हारे पास हैं तो ?

रेवा बोली—उन चिट्ठियों का अब क्या होगा ?

—सबकुछ होगा।

—नहीं, रमा बहन ! मेरा दिल टूट चुका है।

—तुम मूर्ख हो। इन मर्दों को तुम नहीं जानतीं। सीधी उँगली से घी नहीं निकलता। तुम घबराओ मत।

—नहीं, रमा बहन ! अब नहीं...

—देखो रेवा, मैं तुमसे उम्र में बड़ी हूँ। मैं जो कुछ भी कहती हूँ, सुनो। मैं इस आदमी को पानी पिलाकर छोड़ूँगी।

—लेकिन...।

—लेकिन-वेकिन कुछ नहीं। मैं जैसा कहती हूँ, करो। फिर देखना। अरे—हाँ ! यह तो बताओ...किसी ने तुम्हारे खिलाफ कुछ

लिख तो नहीं दिया है उसे ? हो सकता है, किसी ने दुश्मनी साधने के लिए उसको झूठ-फरेब गढ़कर कुछ लिख दिया हो, क्योंकि उसने एक बात लिखी है—मेरे पास सभी प्रमाण हैं। अब तुम मुझे अँधेरे में नहीं रख सकतीं। क्या बात है ? क्या प्रमाण हो सकता है उसके पास ?

अब रेवा ने तनिक दिल को कड़ा किया। बोली—रमा बहन, मैं अब इस बेईमान से कोई सम्बन्ध नहीं रखना चाहती। मुझे शुरू से ही इसके चाल-चलन पर सन्देह था।

—अच्छा, एक बात बतलाओगी ?

प्रोफेसर निगम ने फिसफिसाकर पूछा—उसने कभी माने...कभी ...मतलब...तुमने कभी अपने को एकदम...माने... !

रेवा ने कपाल पीटकर कहा—रमा बहन ! मैं आखिर रो क्यों रही हूँ ! इसलिए तो...।

—मूर्ख लड़की ! यही वजह है। वह इतना बढ़कर बातें लिखेगा नहीं ? तुमने शुरू में ही गलती की। यह तुम जान लो रेवा, और कोई कारण नहीं। यदि तुमने अपनी कमजोरी नहीं दिखलाई होती—अछूती रहतीं तो, देखतीं। अब तो वह यही कहेगा कि शादी के पहले जब तुमने मेरे साथ वैसा किया तो क्या सबूत कि दूसरे के साथ...।

—ठीक यही बात उसने दूसरे ढंग से कही है, अपनी पिछली चिट्ठी में।

—लाओ देखूँ, सभी चिट्ठियाँ निकालो। तुम इतना मूर्ख हो, यह मुझे क्या पता। नहीं तो शुरू में ही तुमको चेतावनी दे देती।

बाहर शिप्रा और पटनेश्वरी की बातचीत सुनाई पड़ी। रेवा वर्मा ने उठकर कमरे का दरवाजा बन्द कर दिया। पटनेश्वरी ने दरवाजे पर दस्तक दी—दरवाजा खोलो ! कौन है अन्दर, खो-लो...।

—क्या है ?

—तुम्हारा मुलाकाती आया है।

—मुलाकाती ?

रेवा ने दरवाजा खोल दिया। पटनेश्वरी देवी हँसती हुई आई–मिठाई खिलाओ। तुम्हारे उनको स्टेशन से पकड़कर ला रही हूँ। बेचारा न जाने कब से वर्किंग-विमेन्स होस्टल का टेलीफोन डायल कर रहा था। यहाँ किसी ने उठाया ही नहीं।...मैंने तो तुम्हारे हाथ से बुने हुए स्वेटर से उनको पहचाना।...जाओ, बेचारे बहुत हड़बड़ाए हुए हैं।

–देखो पटन दीदी, दिल्लगी मत करो।

–मैं दिल्लगी करती हूँ ? लो भला, जाकर देखो, फाटक पर चहलकदमी कर रहा होगा। मेरा विश्वास नहीं होता तो शिप्रा से पूछो।

जब शिप्रा ने कहा तो रेवा को विश्वास हुआ। उसने प्रोफेसर रमा निगम की ओर अर्थपूर्ण दृष्टि से देखा। अर्थात्–अब ?

रमा निगम ने आँखों से ही जवाब दिया–ठहर जाओ।

पटनेश्वरी देवी और शिप्रा अपने कमरे में चली गईं तो रमा निगम ने फुर्ती से रेवा के पास आकर हाथ पकड़कर बिछावन पर बैठा दिया–कहाँ चलीं ? बड़ा लाट साहब आया है ? तुम भी खूब हो। खबर मिली और दौड़ चलीं। इसीलिए तो उसकी इतनी हिम्मत बढ़ गई है। ठहरो, पहले रामरति के हाथ पुर्जा भेजने दो। देखूँ क्या लिखता है।

रेवा ने कहा–लेकिन यदि...

–लेकिन, परन्तु कुछ नहीं। तूने यदि इस बार गलती की तो जिन्दगी-भर रोएगी। मैं जानती हूँ, वह क्यों दौड़ा आया है। शैतान !

रामरति नहीं, आई उसकी माँ मुनिया बूढ़ी–रेवा दीदी, रेवा दीदी। ए गो बाबू आए हैं।

निगम ने पूछा–पुर्जा ले आई है ?

–पुर्जा तो नहीं दीहिन। माँगें जाकर ?

–बिना पुर्जे लिये तुम क्यों बुलाने आई ?

मुनिया बड़बड़ाती हुई सीढ़ी से उतरने लगी–एतना दिन तो

बिना पुर्जा-पुर्जी के ही घण्टों भेंट-मुलाकात करती थी और आज नया कानून...।

कुन्ती देवी के घर से तार आया है। छोटी मेम है नहीं। दाईकित्ता में कोई लड़की अंग्रेजी पढ़ना नहीं जानती। इसलिए ऊपरवालियों से पढ़वाने आई है।

शिप्रा ने तार पढ़कर कहा–लिखा है, घरवाला बीमार है–तुरत आओ।

कुन्ती देवी रोने लगा–मैं अब क्या करूँ ? परसों से इम्तिहान है और उधर घरवाला बीमार। हे भगवान ! छोटी मेम साहेब दोपहर से ही न जाने कहाँ चली गई हैं। छुट्टी के लिए बड़ी मेम के यहाँ जाना होगा। हाथ में एक भी पैसा नहीं। मैं क्या करूँ ?

मुनिया बूढ़ी पुर्जा ले आई–मिस रेवा वर्मा। मुलाकाती–सक्सेना !!!

रमा निगम ने रेवा के हाथ से पुर्जा लेकर कहा–तुम ठहरो। पहले मैं मिल आती हूँ।

मुनिया बूढ़ी को अचरज हुआ–पुर्जा किसी के नाम से और मिलने जाती है कोई और !

रेवा बोली–रमा बहन, मैं भी चलूँ। मैं फाटक के इस पार में रहूँगी।

प्रोफेसर रमा निगम ने डाँटते हुए कहा–फिर पागलपन ? मुझे पहले देखने तो दो कि हजरत का दिमाग सही दुरुस्त है या फिर कोई झमेला लगाने आए हैं। हो सकता है, वह अपनी चिट्ठियाँ वापस लेने आया हो !

रेवा चुपचाप अपनी उँगलियों से साड़ी के खूँट में गिरह लगाती और खोलती–खड़ी रही। रमा निगम जल्दी से एक पाउच पाउडर का मुँह पर फेरकर तैयार हो गई–अभी देखना, मैं किस तरह जनाब को आसमान दिखलाती हूँ।

रमा निगम चप्पल खिसकाती हुई चली गई।

विभावती को तेज ज्वर है। ज्वर में वह बड़बड़ा रही है—मुझे छोड़ दीजिए। मैं आपके पैर पड़ती हूँ। मैं आपकी बेटी हूँ।...बाबूजी, बाबूजी—यह क्या कर रहे हैं ?...हे भगवान, लाज रखो। दुःशासन मेरी साड़ी खींच रहा है।...मैं नंगी हूँ ! मैं मर गई... !!

गौरी रात से ही रो रही है। तारा देवी उसको समझा रही है—देखो गौरी, जो होना था सो हो गया। अब मुफ्त में रोने से क्या फायदा ? शहर में यह सब होता ही है। रोएगी भी तो बात फैलेगी और बेकार की बदनामी होगी। ट्रेनिंग भी नहीं पूरी कर सकेगी।

विभावती चिल्ला रही है—मैं नहीं लूँगी ट्रेनिंग। न...बाबूजी, मुझे घर भेज दीजिए। बाबूजी, मेरी माँ को बुला दीजिए।...

हॉस्पिटल से एम्बुलेन्स-गाड़ी आई और विभावती को स्ट्रेचर पर सुलाकर लोग ले गए। अब गौरी देवी चीख-चीखकर रोने लगी।

रामरति ने बेला गुप्त को सूचना दी—जानती हैं दीदीजी ! रात में तो अनर्थ हो गया है ! गौरी और विभावती सीढ़ी से गिरी नहीं हैं। जानवरों ने...।

इसके बाद रामरति ने संकेत करके कुछ कहा जिसका अर्थ बेला गुप्त नहीं समझ सकी। उसने पूछा—क्या बकती है ! कौन जानवर ?

अब रामरति ने साफ-साफ बतलाया—दीदीजी, दोनों को जबर्दस्ती एक कोठरी में बन्द करके बेइज्जत किया है—बड़ी मेम के दोस्तों ने !

बेला गुप्त मानो आसमान से गिरी—जबर्दस्ती बेइज्जत किया है ?...बड़ी मेम के दोस्तों ने ? क्या कहती है यह रामरति ?

रामरति बोली—गौरी रो रही है जार-बेजार, उनसे जाकर पूछिए न। सब मालूम हो जाएगा कि कैसे-कैसे उन लोगों को गाड़ी में चढ़ाकर—कहाँ-कहाँ ले गए शैतान लोग।

बेला की आँखों के सामने एक बार फिर पेशावर के कोरोनेशन होटल के दृश्य नाच गए।...उसे लगा, कल रात में जानवर सरफराज ने फिर उसकी देह को नोचा-खसोटा है। उसकी देह जल रही है।

बेला गुप्त गौरी के कमरे में गई—गौरी !

गौरी का चेहरा देखकर वह सिहर पड़ी। गौरी ने आँखें खोलकर बेला गुप्त को देखा और धार मारकर रोने लगी—दीदीजी, मैं जहर खाकर मर जाऊँगी। दीदीजी, मुझे आज ही घर भेज दीजिए।

बेला गुप्त, गौरी की चौकी पर बैठ गई। उसने धीरे-से गौरी के सिर पर हाथ रखकर कहा—गौरी ! रोओ मत ! दिल को मजबूत करो—भगवान पर भरोसा करो।

लेकिन गौरी रोते-रोते बेहोश हो गई। दाँत-पर-दाँत बैठ गए। रामरति ने मुँह पर पानी का छींटा मारकर उसे होश में लाया।

बेला ने पूछा—विभावती अस्पताल चली गई !

रामरति ने फिर इशारे से बताया कि विभावती की हालत नाजुक है। तेज बुखार में अनाप-सनाप बक रही है।...कपड़ा खून से तरबतर !

बेला गुप्त का—वर्षों का जमा हुआ आक्रोश मानो एक ही बार धुधुआकर सुलगा। उसने तारा देवी को बुलाकर पूछा—क्यों तारावती देवी, कुन्ती देवी कहाँ है ?

—जी, उसके घर से तार आया था। घरवाला उसका लबेजान है। चाको मेम साहेब से छुट्टी लेने गई है। आप बाहर थीं इसलिए...।

बेला गुप्त ने पूछा—रात में आप भी गई थीं नाच देखने ?

—जी, मेम साहेब !

बेला गुप्त ने रामरति से कहा—सभी लड़कियों को बुलाओ।

रामरति चली गई तो तारावती देवी बोली—मेम साहेब, हमको 'कुछो' नहीं मालूम है। हल्लागुल्ला जब हुआ तो मैं...।

बेला गुप्त ने उसे बीच में ही रोक दिया—आपको क्या नहीं मालूम है ?

—यही, विभावती और गौरी के बारे में।

—विभावती और गौरी को क्या हुआ है ?

—हमको क्या मालूम ?

गौरी ने रो-रोकर कहा—दीदीजी, इसी डायन ने मुझे पकड़कर कोठरी में बन्द किया था और विभा दीदी को उस कुन्ती देवी ने अपने हाथ से मुँह में कपड़ा ठूँसकर...।

तारावती देवी चिल्लाने लगी—खबरदार ! हमको अकलंग लगाया तो सबकुछ खोलकर रख दूँगी—हाँ ! बड़ी चली महीन सूत कातने ! सुनिए छोटी मेम ! इससे पूछिए कि नई रेशमी साड़ी और एँड़ीवाली जूती किसने खरीद दिया है ? छिनाल—यार लोगों से आँख लड़ाकर चीज वसूल करेगी—मौज उड़ाएगी और दोख लगाने के बेर—कुन्ती देवी और तारावती देवी के सिर...।

बेला गुप्त ने डाँटकर कहा—तारावती देवी, आप चुप रहिए !

दाईकित्ता की सभी लड़कियों ने एक-एक कर जो बयान दिया, उसे सुनकर बेला गुप्त पागल हो गई। उसने रामरति से कहा—आज

ये लड़कियाँ कहीं भी नहीं जाएँगी। अस्पताल भी नहीं—ट्रेनिंग-क्लास में भी नहीं। मैं अभी आती हूँ।

बेला गुप्त दाईकित्ता से बाहर निकल रही थी कि कुन्ती देवी पर नजर पड़ी। वह नजर बचाकर, पिछवाड़े के दरवाजे से कित्ता में जा रही थी। बेला गुप्त ने पुकारकर कहा—कुन्ती देवी, यहाँ आइए।

कुन्ती देवी की आँखों से आँसू झरने लगे। हाथ में तार लेकर वह आगे बढ़ आई—छोटी मेम, पता नहीं मेरा घरवाला है या...। देखिए न, यह तार !

—आप कहाँ गई थीं ?

—चाको मेम साहब से छुट्टी लेने के लिए।

—मिल गई छुट्टी ?

—जी हाँ, अभी कोई टैन नहीं है। मैं बस से जाऊँगी।

—नहीं। आप नहीं जा सकतीं।

—क्यों ?

—यहाँ जो काण्ड आप लोगों ने किया है, जब तक इसकी जाँच नहीं हो जाती किसी को छुट्टी नहीं मिलेगी !

—कौन काण्ड ?

बेला गुप्त ने घृणा से मुँह फेर लिया। कुन्ती देवी ने कड़ककर पूछा—बोलिए न, कौन काण्ड ? मैंने क्या किया है ?

—आपने जो कुछ भी किया है वह विभावती और गौरी के बयान से मालूम होगा। जाइए।

—मैं तो अभी ही घर जाऊँगी। मुझे चाको मेम साहब ने छुट्टी दे दी है। देखें कि हमको कौन रोकता है !

—रामरति ! फाटक में ताला लगा दो।

—मैं दीवार लाँघकर जाऊँगी। रखिए ताला लगाकर।

इस बार रामरति ने कहा—कुन्ती देवी, आपकी चालाकी नहीं चलेगी और...।

—चुप कुतिया ! मुझसे मुँह लगाएगी तो मुँह तोड़ दूँगी !

कुन्ती देवी रामरति पर झपटी। रामरति ने अपने को बचाकर–उसकी कलाई पकड़ ली। कुन्ती देवी जोर-जोर से चिल्लाने लगी–दौड़ो हो लोगो-ओ-ओ-ओ, यह छिनाल सब मिलकर मेरी जान ले रही है-ए-ए-ए ! अरे बाप ! मेरा घरवाला मर रहा है उधर और इन कस्बिन ने...।

रामरति ने जोर से दाईकित्ता का दरवाजा बन्द करके ताला लगा दिया।

ठीक इसी समय होस्टल के फाटक पर युनिसेफ की गाड़ी आकर लगी। बूढ़ी मुनिया दौड़ी आई–दीदीजी, साहब लोग आए हैं। खाँटी साहेब–मेम... !

बेला गुप्त को याद आई, आज युनिसेफ के कोई ऑफिसर आनेवाले हैं। हेल्थ-सर्विसेज के डिप्टी डाइरेक्टर के पीछे-पीछे युनिसेफ के अधिकारियों का दल होस्टल में आया। सबसे पहले वे मिल्क सेंटर देखेंगे।

बेला गुप्त ने अपने को सम्हालने की चेष्टा करते हुए–डिप्टी डाइरेक्टर ऑफ हेल्थ-सर्विसेज को नमस्कार किया।

डिप्टी डाइरेक्टर ने पूछा–क्यों मिस गुप्त ! मिसेज आनन्द नहीं आई हैं, अब तक ?

–जी, वह तो शायद राजगीर गईं।

–राजगीर ? लेकिन, उनके क्लर्क ने तो कहा कि सेंटर में ही गई हैं।

–जी, नहीं तो ! वह मुझसे कल कह गईं कि राजगीर जा रही हूँ।

–युनिसेफ के ऑफिसर आए हैं। स्टॉक चेक करने के लिए। सब ठीक तो है ?

–जी, सब ठीक ही है...माने नये स्टॉक को छोड़कर पिछला सबकुछ ठीक है।

–नये स्टॉक को छोड़कर ? मतलब ? स्टॉक-रजिस्टर कहाँ है ?

–जी, स्टॉक का रजिस्टर श्रीमती आनन्द के पास ही रहता है।

डिप्टी डाइरेक्टर को आश्चर्य हुआ—तो फिर हम इनको क्या दिखलाएँगे ? जब स्टॉक-रजिस्टर ही नहीं है तो हिसाब कैसे मिलेगा ? श्रीमती आनन्द के क्लर्क को बुलवाइए।

युनिसेफ के अमेरिकन अफसर ने हेल्थ-विजिटर से पूछा—दूध और विटामिन की गोलियाँ आपको मिल गई हैं ?

—सर, पिछला स्टॉक खत्म होने के बाद फिर दूध हमें नहीं मिला है। युनिसेफ की ओर से भेजी गईं विटामिन बी की गोलियाँ भी खत्म हो गई हैं।

अफसर ने अचरजभरी निगाह से डिप्टी डाइरेक्टर की ओर देखा—क्या कह रही हैं यह ? नया स्टॉक अभी तक इन्हें नहीं मिला ?

डिप्टी डाइरेक्टर ने हकलाते हुए कहा—सर ! बात यह है कि अभी सेंटरों में बाँटा नहीं गया है।

—लेकिन, स्टॉक आए हुए तो तीन महीने हो रहे हैं ?

—जी, बात यह है कि...।

—फ़नी ! स्टॉक किसने रिसीव किया है ?

—सर, मिसेज आनन्द—ऑनररी सेक्रेटरी ने।

—वह कहाँ हैं ?

—वह टूर पर गई हैं।

—क्या उन्हें मेरे आने की सूचना नहीं दी गई थी ?

अमेरिकन ऑफिसर ने भेदभरी दृष्टि से मिस बेला गुप्त की ओर देखते हुए पूछा—और यह कौन हैं ? यह क्या करती हैं ?

डिप्टी साहब ने बतलाया कि मिस बेला गुप्त शिशु-कल्याण-केन्द्र तथा वर्किंग- विमेन्स-बोर्ड की ऑर्गेनाइजर हैं।

—क्यों मिस गुप्त !—अमेरिकन ऑफिसर ने पूछा—आपकी सेक्रेटरी को मेरे आने की सूचना नहीं मिली थी क्या ?

—जी ? मुझे...मेरा खयाल है कि उन्हें सूचना जरूर मिली होगी।

—तब ? वह गैरहाजिर क्यों हैं ?

—वह राजगीर गई हैं।

—कब तक लौटेंगी ? आज उनके लौटने की उम्मीद है ?

—कह नहीं सकती।

—कल तक ?

—जी, मैं नहीं जानती।

—तब आप क्या जानती हैं ?

अमेरिकन ऑफिसर हँसा। उसने लेडी हेल्थ-विजिटर से नये शिशु-रोग के सम्बन्ध में पूछा—क्या आपके यहाँ भी वह रोग फैला है ?

—जी, फैला तो था, लेकिन हम लोगों ने उस पर काबू पा लिया है।

—अच्छी बात है। क्या आप मुझे उन बच्चों के टिकट दिखलावेंगी ?

—निश्चय।

हेल्थ-विजिटर के साथ अमेरिकन ऑफिसर साहब सेंटर में चले गए। डिप्टी डाइरेक्टर ने मिस बेला गुप्त से कहा—मिस गुप्त ! आपने क्या कह दिया कि श्रीमती आनन्द को उनके आने की सूचना मिल गई थी ?

—मैं झूठ कैसे बोलती ? वह खुद मुझसे कह गई हैं...।

—सो तो ठीक है; लेकिन इन्होंने क्या समझा होगा ! अपने देश की बात नहीं।...विदेशी लोग बहुत शंकालु होते हैं।

अमेरिकन ऑफिसर हेल्थ-विजिटर के साथ वापस आए। उन्होंने गोदाम जाँच करने की इच्छा प्रकट करते हुए व्यंग्य किया—गोदाम की चाबी भी क्या ऑनररी सेक्रेटरी के जिम्मे है ?

मिस बेला गुप्त ने कहा—जी नहीं। गोदाम की चाबी मेरे पास है।

रामरति ने गोदाम-घर खोल दिया।

अमेरिकन ने गोदाम में रखी हुई चीजों की जाँच करने के पहले स्टॉक रजिस्टर की माँग की। बेला गुप्त ने जब बतलाया कि स्टॉक-रजिस्टर श्रीमती आनन्द के पास है तो वह ठठाकर हँस पड़ा। बोला—मैंने कहा था न ! चाबी आपके पास और स्टॉक-रजिस्टर

मिसेज आनन्द के पास ! अचरज की बात है ! सिर्फ बाँकीपुर की बात नहीं, हर जगह ऐसा ही हुआ है !...हा-हा !!

अमेरिकन ऑफिसर ने विजिट-बुक में लिखा—तीन महीने पहले जो स्टॉक भेजा गया है उसका कोई हिसाब सेंटर के अधिकारियों ने नहीं दिखलाया।...मेरे आने की सूचना पाने के बावजूद सेंटर की सेक्रेटरी अनुपस्थित रही।...स्टॉक का कोई पता-ठिकाना नहीं लगा, आदि-आदि।

बागे ने श्रीमती आनन्द को गुदगुदाते हुए कहा—भाभी ! बोलो, मेरे लिए दिल्ली से क्या लेती आओगी ?

राजगीर के सरकारी रेस्ट-हाउस में श्रीमती आनन्द के साथ बागे चुहल कर रहा है। आज श्रीमती आनन्द सोलन का पूरा पाइण्ट पी गई है। आज उसने कोई नखरा नहीं किया। बागे ढालता गया और वह पीती गई। श्रीमती आनन्द ने कहा—पता नहीं, आनन्द कब तक लौटे। मैं तो परसों सुबह की गाड़ी से ही दिल्ली चली जाऊँगी। पता नहीं, उस घोष्ट ने रिजर्वेशन का क्या किया !

—भाभी, बागे के रहते रिजर्वेशन की फिकर मत कीजिए। मैं सब ठीक कर दूँगा। गाड़ी खुलने के पाँच मिनट पहले तक मैं रिजर्वेशन करवा सकता हूँ।

श्रीमती आनन्द पर ऐसा नशा कभी नहीं सवार हुआ था। सामने विपुला-पहाड़ी की सिलहुट-छवि—आकाश में असंख्य तारे—डॉरमेटरी में रह-रहकर घड़ी-घण्ट बोलता है—इस समय भी सामूहिक प्रार्थना कर रहे हैं।

बागे के दिये हुए उपहार को उसने आज पहली बार पहना है। बागे ने जब गुदगुदाना शुरू किया तो वह अपने को जब्त नहीं रख सकी। उसने बागे के गले में अपनी बाँहें डाल दीं। बागे निहाल हो गया। बागे ने पूछा—एक पैग और ढालूँ ?

—नहीं डियर...प्यारे...बागे...नो मोर वाइन...नाउ...नाउ !!

बागे समझ गया, श्रीमती आनन्द क्या चाहती है। लेकिन आज वह खेलने के मूड में था।

—नो-नो ! बागे—इस तरह नहीं...इस तरह...! बात अधूरी रखकर श्रीमती आनन्द ने बागे को बतला दिया—ऐसे !! हाँ, ऐसे !!...बागे ने हल्की सिसकी ली—भाभी !

—नो ! नाट दिस हेल भाभी !

—तब ?

—डार्लिंग !...मैं तुम्हारी हूँ—तुम्हारी ही। वनली योर्स—आह, हेट दैट ओल्ड हॉग !

बागे चुपचाप इस अधेड़ औरत को अंकवार में भरकर पलँग पर लेटा रहा और वह आनन्द-विह्वल बड़बड़ाती गई—बागे... डियर...किल मी...किल मी...!...तुम...बागे...तुम...सचमुच फरिश्ता हो...तुम...ओह...तुम...तुम...मुझे इतना प्यार करते हो ?...मुझे उस बुड्ढे के चंगुल से छुड़ाकर अपना क्यों नहीं बना लेते बागे ? एकदम अपना...एकदम अपना...आह...किल मी...किल मी दिस नाउ...!!

एक पहाड़ी चिड़िया अचानक कचपचा उठी। दूर, चौकीदार की आवाज सुनाई पड़ी। श्रीमती आनन्द बेहोश पलँग पर पड़ी रही। बागे ने उसके अस्त-व्यस्त कपड़ों को सहेजकर उसके सिर को तकिये पर ठिकाने से रख दिया।

बागे ने सामने के आईने में अपना चेहरा देखा और घृणा से मुँह विकृत कर बाथरूम में चला गया।

बागे सोचने लगा—क्या है यह औरत ? औरत का यह कौन-सा रूप है ? उस बुड्ढे को छोड़कर अब यह मुझे फाँसना चाहती है ? ...बागे इतना अहमक नहीं !

सुबह को जब श्रीमती आनन्द की आँखें खुलीं तो बागे हाथ में कॉफी की प्याली लेकर खड़ा था—उठिए।

श्रीमती आनन्द मुस्कुराई—उठा नहीं जाता !

बागे ने तिपाई पर प्याली रख दी और उसने दोनों हाथ बढ़ाकर श्रीमती आनन्द को उठाना चाहा, लेकिन श्रीमती आनन्द अपने

दोनों हाथों को उसके गले में डालकर लटक गई। उसकी खुली अँगिया से उसकी ढीली छातियाँ खिसककर लटक गईं।...बिनाई की थैली से भूरे रंग के ऊन के दो गोले बाहर लटक गए, मानो !

—बागे ! मुझे अपनी गोदी में बैठा लो।

—मैडम, यह रात नहीं, सुबह है।

—हुआ करे। तुम्हारे साथ क्या रात, क्या दिन, सब बराबर है।

बरामदे पर बैरा के पैर की आहट सुनाई पड़ी। श्रीमती आनन्द को साड़ी सहेजते समय खयाल हुआ—उसकी ढीली छातियाँ खुली लटकी हुई हैं, बागे की जाँघ पर। वह सचमुच लजा गई।

बैरा ने आकर कहा—हुजूर, टेलीफोन है।

—टेलीफोन ?

—हाँ, साहब ! बाँकीपुर से आया है।

बागे ने कहा—आप कॉफी पीजिए, मैं देखता हूँ।

—देखो, यदि घोष्ट हो तो उसको कहना, आनन्द को एक टेलिग्राम लगा दे।

बागे जब चला गया तो श्रीमती आनन्द को होश हुआ... युनिसेफ के ऑफिसर आनेवाले थे। सम्भव है, डाइरेक्टर साहब ने टेलीफोन किया हो !

बागे लौट आया। उसके पैर की आहट से ही श्रीमती आनन्द समझ गई—मामला गड़बड़ है।

—भाभी ! डिप्टी डाइरेक्टर का फोन है।

श्रीमती आनन्द हड़बड़ाती हुई उठी और कमरे से बाहर चली गई।—हैलो ! हाँ, मैं बोल रही हूँ। जी ? तो उसने क्या कहा ?... एँ ?...अच्छा ? लेकिन स्टॉक-रजिस्टर तो उसके पास होगा। क्या कहा उसने ? झूठी है वह। रजिस्टर सभी उसी के पास होंगे। मुझे लगता है, उसने जानबूझकर झूठ कहा है।...क्या उसने यह भी कह दिया है ? ठीक है। मैं आ रही हूँ।...आप गवाह हैं।

रिसीवर रखकर श्रीमती आनन्द ने बागे की ओर अर्थपूर्ण दृष्टि से देखा।

बागे ने पूछा—क्या ?

—चलो, कमरे में बतलाती हूँ।

दोनों रेस्ट-हाउस के कमरे में चले गए। श्रीमती आनन्द ने बतलाया—जानते हो बागे ! उस चुड़ैल ने युनिसेफ के ऑफिसर से क्या कहा ? कह दिया कि श्रीमती आनन्द को आपके आने की सूचना थी और इसके बावजूद वह चली गईं। इस शैतान को क्या किया जाये ?

—भाभी, आप निश्चिन्त रहिए। वह आपका कुछ भी नहीं बिगाड़ सकेगी। डी साहब और पी साहब रहते आपका...।

बागे जो मुहावरा व्यवहार करना चाहता था—नहीं कर सका। उसने बात को बदलते हुए कहा—कहिए, ब्रेकफास्ट के लिए क्या ऑर्डर दूँ ?

—बागे ! न जाने क्यों मुझे संदेह हो रहा है, इस बेला ने कहीं और कोई बदमाशी न की हो।

—और क्या कर सकती है वह ?

—देखो, बागे ! मैंने सबकुछ तुम्हारे भरोसे किया है। आनन्द को भी कुछ नहीं मालूम।

बैरा ने आकर फिर सूचना दी—मेम साहब, फिर टेलीफोन... !

—हैलो ! कौन ? घोष ? क्या है ? आनन्द की कोई चिट्ठी आई ? अंजु, मंजु—दोनों ? कहाँ गईं ? कब ? कब से लापता हैं ? दरबान ने क्या कहा ? होस्टल में देख ! क्या ? वहाँ भी नहीं हैं ? पुलिस को खबर करो। और देखो ! आज एक टेलिग्राम मेरे नाम से लगा दो आनन्द को—मैं कल दिल्ली जा रही हूँ। क्या मीटिंग पोस्टपोण्ड हो गई ? किसने कहा ? कब आई है चिट्ठी ? ठीक है। मैं आ रही हूँ शाम तक।

श्रीमती आनन्द ने घबराई हुई निगाह से बागे को देखा। बागे की आँखों ने उसे तसल्ली देने की चेष्टा की।

कमरे में आकर श्रीमती आनन्द पलँग पर धम्म से गिर पड़ी—बागे ! अब क्या होगा ? अंजू-मंजू न जाने कहाँ चली गईं !

—कहाँ जाएँगी ? बाँकीपुर में ही होंगी कहीं।

—दिल्ली की मीटिंग पोस्टपोण्ड हो गई।

—होने दीजिए—हम दो दिन यहाँ और बिता सकेंगे।

—नहीं, बागे ! मुझे आज शाम तक लौटकर जाना ही पड़ेगा। उधर होस्टल में न कोई गड़बड़ी हुई हो, मुझे इसी का डर है।

—होस्टल में क्या गड़बड़ी हो सकती है ? आप बेकार चिन्ता करती हैं।

—नहीं। मुझे लगता है, कहीं कुछ हुआ है।

—कुन्ती देवी को मैंने ढाई सौ रुपये दिये हैं। वह बाकी लड़कियों को ठीक कर लेगी।

रेस्ट-हाउस के बैरा को अचरज हो रहा है, पाँच-पाँच मिनट के अन्तर पर मेम साहब का टेलीफोन आ रहा है। उसने इस बार मुस्कुराकर कहा—मेम साहब, फिर...।

—क्या ? फिर टेलीफोन ?

—जी।

बागे ने कहा—आप बैठिए। मैं देखूँ, इस बार कौन है।

—नहीं, मैं खुद जाती हूँ।

—हैलो ! कौन ? बेला, यह तुमने क्या कह दिया युनिसेफ के अफसर को ?...तुमने क्या समझ लिया है अपने को ? क्या चाहती हो तुम ?...क्या ? किसने...कैसे ? क्या हुआ ? अरे ! तो तुम कहाँ थीं ? टेरिबल ? आखिर, तुम वहाँ किस काम के लिए हो ? मर गई या...? कहाँ, अस्पताल में ?...क्या बक रही हो ? खबरदार !... लेकिन...लेकिन मैं तो यहाँ हूँ...झूठ, सब झूठ...। तुम जिम्मेदार हो—हाँ, तुमने सबकुछ किया है।...शट अप !!

इस बार श्रीमती आनन्द का चेहरा एकदम काला पड़ गया। वह भागी हुई कमरे में आई—बागे, बागे ! जुल्म हो गया ! अब क्या होगा ? बागे, तुम जानो अब। मेरा सिर चकरा रहा है। भगवान जाने क्या होगा अब !

—क्या हुआ ?

—उस गौरी ने...वह...उसने कपड़े में किरासन तेल डालकर आग लगा ली। अस्पताल में है। सुनती हूँ, उसने कोई बयान भी दिया है। पता नहीं क्या बयान दिया है !

इस बार बागे के चेहरे पर भी भय की रेखाएँ खिंच गईं।

श्रीमती आनन्द ने सिर पीटते हुए कहा—और पता नहीं अंजू-मंजू कहाँ गईं ! बेला कह रही थी कि पुलिस ने होस्टल की सभी लड़कियों का अलग-अलग बयान लिया है। पता नहीं, बेला ने क्या-क्या और लगाया है, हमारे नाम !

बेला कल से ही भूखी है। अन्न मुँह में डालने की इच्छा ही नहीं होती। चाय भी अच्छी नहीं लगती। गौरी के पास अस्पताल में रात-भर बैठी रही। अभी, सुबह को पुलिसवाालों ने एक-डेढ़ घण्टे तक उसे परेशान किया है। होस्टल के सभी नियम-कानून को श्रीमती आनन्द ने ही तोड़ा है और भुगतना पड़ रहा है उसे।

...रामरति ने डटकर बयान दिया है। उसने निडर होकर सभी सवालों का जवाब दिया है। फिर भी पुलिस ने उसे क्यों गिरफ्तार किया ? कुन्ती देवी रात में ही भाग गई। विभावती ने भी बयान दिया है। पता नहीं क्या बयान दिया है !

पुलिस इन्स्पेक्टर ने तो साफ-साफ कह ही दिया है, हम श्रीमती आनन्द को नहीं जानते। होस्टल की सुपर आप हैं। हम तो आपसे ही पूछेंगे।...तब ? उधर उस घोष ने तो सारी जिम्मेवारी बेला के ही सिर थोपी है। उसने स्पष्ट कहा कि होस्टल के बारे में श्रीमती आनन्द कुछ भी नहीं जानती। सब बेला गुप्त...।

—कौन ? रामरति ? आ गई तू ? कैसे आई ? मैंने तुम्हारे जमानत के बारे में पूछा तो पुलिस इन्स्पेक्टर ने कहा कि जमानत नहीं हो सकता।

रामरति और मुनिया रोती हुई आईं—दीदीजी ! इस डायन बड़ी मेम ने हम लोगों को ही...।

रामरति इससे आगे और कुछ नहीं बोल सकी।

गौरी की मृत्यु हो गई ?

बेला गुप्त फूट-फूटकर रो पड़ी। होस्टल से रेवा वर्मा और रमा निगम, पटनेश्वरी देवी सभी आईं। उन लोगों ने एक स्वर से कहा—हम लोग अब होस्टल में नहीं रहेंगी। रात-रात-भर पुलिसवालों की जिरह का जवाब कौन दे ?

रमा निगम ने कहा—बेला दी ! आपने—इधर—बहुत—ढील दे दिया था—नियम-कानून में।

फाटक पर पुलिस-वैन रुकी।

आध दर्जन सिपाहियों के साथ, इन्स्पेक्टर साहब फाटक को ठेलकर अन्दर आए।

बेला गुप्त गिरफ्तार !...रामरति भी !

सारे होस्टल की तलाशी ली जा रही है।

बेला गुप्त के क्वार्टर से कुछ कागजात और होस्टल के एक कमरे से 'एफ-एल' के कई पैकेट पुलिसवाले अपने साथ ले गए !

गणपतसिंह लेन के निवासियों ने अवाक् होकर देखा—एक-दूसरे से पूछा और दूसरे दिन सुबह को अखबार में सारा किस्सा ही छप गया।...ओ ? तो, ऐसी थी वह बेला गुप्त ?

हाँ, बेला गुप्त की 'पास-बुक' में अर्थात् बाँकीपुर बैंक में बेला गुप्त के नाम साढ़े-पन्द्रह रुपये जमा हैं। तब इतना पैसा...इतनी आमदनी कहाँ रखती थी ? किसके नाम ? मामले की छानबीन हो रही है।

लेखक की स्वीकारोक्ति

एक हीन मनोवृत्ति का कुहरा—युद्ध के बाद से ही घना होकर—सारे

समाज़ पर छा रहा है। इस धुन्ध में, दीपकली की तरह खिली बेला गुप्त अचानक बुझ गई...।

मेरे कृपालु पाठक मुझे क्षमा करें, मेरे इस उपन्यास की प्रधान नायिका ने ही मुझे छला है। खगड़ा-मंजिल की गली से लेकर किशनगंज और पेशावर के प्रसिद्ध होटल का चक्कर लगा आया। इस दीपकली के प्रकाश में बैठकर बड़ी-बड़ी आशाएँ मन में पालता रहा। किन्तु, किसे पता था कि मिस बेला गुप्त इस तरह मेरे उपन्यास को असफल बना देगी ?

मिस बेला गुप्त गिरफ्तार हुई। स्थानीय समाचारपत्रों में सनसनीखेज खबरें छपीं। तरह-तरह के अभियोग लगाए गए। और मैंने सोचा कि अब 'क्लाइमेक्स' पर आ गई कहानी।

मैंने सोचा था, बेला देवी कचहरी में कोई लम्बा-चौड़ा बयान

देगी–नाटकीय ढंग से। बाँकीपुर के हर वर्ग के प्रतिष्ठित और न्यायप्रिय लोगों की दुहाई देगी, प्रशंसा-पत्रों की मूल प्रतिलिपियाँ प्रस्तुत करेगी। सफाई-गवाह होंगे यहाँ के प्रतिष्ठित समाज के...।

मेरा विश्वास था कि (वर्तमान सामाजिक जीवन की कलुषताओं के बीच भी) जीने की प्रबल इच्छा कुछ लोगों को 'सत' बना देती है। इसलिए मैंने आशा की थी कि मिस्टर बागे, श्रीमती आनन्द, तारा देवी अथवा मिस्टर आनन्द, इनमें से कोई भी, किसी समय रहस्य के आवरण को चीरकर सामने आ सकते हैं, स्वीकारोक्ति कर सकते हैं–'बेला एकदम निर्दोष है...!'

अथवा, फैसले के दिन कचहरी में बाँकेबिहारी, संन्यासी के वेष में प्रकट होकर कह सकता है–'बेला, मैं जीवित हूँ। मुझे क्षमा करो। चलो, मैं तुम्हारे साथ हूँ...।'

मैंने यह भी कल्पना की थी–बेला गुप्त अपने 'पेसेंट-प्रिजनर' रमाकान्त को याद कर 'मोनोलॉग' में बातें करेंगी–रमाकान्त ! तुम चले गए वरना मैं तुम्हारे आदर्शों की इस सड़ी-गली हुई लाश को तुम्हारे कन्धे पर डालकर पूछती–यही है तुम्हारी आजादी, यही है तुम्हारे समाजवादी समाज की रूपरेखा ?...सच्चाई नामक गुण मनुष्य के हृदय से धीरे-धीरे लोप हो रहा है।...स्वार्थसिद्धि के लिए आदमी किसी भी शर्त पर अपनी आत्मा को बेच सकता है।...जहाँ जीवन में कोई अवलम्ब नहीं, आधार नहीं, विश्वास नहीं। चारों ओर व्यर्थता का राज...!

किन्तु, मैजिस्ट्रेट ने पूछा–कसूर किया ?

जवाब में बेला गुप्त ने पहले सिर हिलाकर, फिर स्पष्ट शब्दों में स्वीकार कर लिया–जी हाँ, मैंने कसूर किया। सभी अभियोग सच हैं।

सभी अभियोग सच हैं ?

अर्थात्–बेला गुप्त ने बच्चों के लिए विदेश से आई हुई दवा और दूध के सैकड़ों बक्से की बिक्री की ?...वर्किंग-विमेन्स होस्टल को एक चलता-फिरता चकला बनाया ?...व्यभिचार के बड़े अड्डे की

वह मालकिन थी ?

बेला गुप्त के सभी शुभचिन्तकों के चेहरे एक ही साथ बुझ गए—यह क्या...?

बेला ने किसी की ओर आँखें उठाकर नहीं देखा। वह चुपचाप कठघरे में खड़ी रही—ओठों पर एक हलकी और स्वाभाविक मुस्कान की रेखा लेकर।

और, रामरति ने भी कबूल किया—हाँ, हुजूर ! कसूर किया।

पाँच वर्ष की सजा हुई, दोनों को।

कचहरी के निस्तब्ध वातावरण में कई दीर्घ-निःश्वास स्पष्ट सुनाई पड़े—ओ...ह !

मेरे उपन्यास को अप्रत्याशित ढंग से असफल बनाकर बेला गुप्त कठघरे से धीरे-धीरे उतरी और पुलिस के घेरे में जेल की ओर चली गई। 'मामले-मुकदमे' की रिपोर्टिंग के लिए आए हुए मेरे पत्रकार मित्रों ने चुटकी ली—क्यों लेखक महोदय ! अब आपके उपन्यास का क्या होगा ?

बैरिस्टर सिन्हा साहब हड़बड़ाते हुए आए। मुझे देखकर बोले—राइटर ! बेला ने तुम्हीं को नहीं—मुझे भी 'फाँकी' दिया। कल घण्टों उसे समझाया, लेकिन वह डिफेन्स के लिए तैयार ही नहीं हुई। बार-बार बस एक ही बात दुहराती रही—मुझे क्षमा कीजिए। मैं शान्तिपूर्वक हूँ यहाँ...।

मैं जेल-गेट पर बेला गुप्त से मुलाकात करने गया—पाँच नहीं, दस मिनट नहीं—पूरे डेढ़ घण्टे की आज्ञा लेकर।

—यह क्या किया तुम...आपने ?

—क्या करती ?

—सबकुछ आपके पक्ष में था। सारे प्रमाण, हर तरह के सबूत हमारे पास हैं। क्या राजगीर रेस्ट-हाउस की उस रात की टेपरेकॉर्डिंग और फिल्म के नेगेटिव्स...मिसिज आनन्द के हाथ के लिखे हुए पुर्जे...चश्मदीद गवाह...!!

—अब बन्द करो अपना तमाशा ! बहुत नाच चुकी ! गौरी को

मिल-जुलकर मार डाला लोगों ने। अब विभावती रह गई है। भरी कचहरी में घाघ वकीलों से जिरह करवाना चाहते हो न ?...कचहरी में उस दिन तिल धरने की भी जगह नहीं रहेगी और...और...तुम्हें ...रस मिलेगा जब वकील पूछेगा—बोलो, तुमको कैसा लगा था ? स्टॉक की गड़बड़ी, चोरी और दूसरे अभियोगों से अपने को बरी साबित करने के लिए...मैं सफाई पेश करूँगी। और, तब मेरी कहानी तुम नहीं—लिखेंगी मिसेज आनन्द, कुन्ती देवी, तारा देवी...। एक-से-एक दिलचस्प कहानियाँ।...तब तुम अपने उपन्यास को सफल मानोगे ?

...और देखो, मेरे मन में एक युग से 'पाप-बोध' पल रहा था। यह सजा भोग लूँगी तो लगेगा—गंगा नहाया है।...और तुम्हारा उपन्यास एकदम असफल नहीं हो इसलिए कुछ सूचनाएँ दे दूँ—सूचना ही नहीं—प्रार्थना !...

—मेरी बेटी पर नजर रखना।

—आपकी बेटी ?

—हाँ, मेरी बेटी। मेरे गर्भ में पली—अन्नपूर्णा।

—कौन अन्नपूर्णा ?

—वह, जो काशी से आई थी—परीक्षा देने। बेसेण्ट स्कूल की संगीत-अध्यापिका।

—यह क्या हुआ ?

—आपके उपन्यास के लिए !...और, विभावती मेरी मौसेरी बहन है। अन्नपूर्णा बाँकेबिहारी की बेटी है। और मैं बंगाली नहीं बिहार की लड़की हूँ।...आपके पाठक भ्रम में हैं ! हालाँकि इसमें आपका कोई दोष नहीं।

—क्या सबूत है कि अन्नपूर्णा आपकी बेटी है ?

—आप पता लगा लीजिएगा।...और, एक प्रार्थना ! इस बात का हमेशा खयाल रखिएगा—नारी-हृदय को यथार्थ रूप से पहचानना, किसी पुरुष के लिए सहज नहीं। और यदि वह नारी बेला गुप्त जैसी धीर-स्थिर-शान्त हो तो उसे समझ पाना और भी

कठिन है !

—मैं मानता हूँ। और यह भी जानता हूँ कि जीवन और संसार की मंगलकामना मेरे मन में प्रबल रहे तो...तो...नारी क्या... मैं सिरजनहार के हृदय को भी...।

बेला गुप्त ने मुझे चरण छूकर नमस्कार किया और चली गई ...और मेरा उपन्यास असफल-का-असफल ही रहा !!...

वर्किंग-विमेन्स होस्टल का फाटक अस्वाभाविक ढंग से ढनढना उठा। सरकारी चपरासियों ने फाटक पर एक बड़ा-सा ताला लटका दिया—'चलो खिस्सा खतम !'

गली में एकत्रित भीड़ में से किसी ने कहा—चिड़ियाखाना बन्द हो गइल ?

भीड़ छँटने के बाद एक ग्यारह वर्षीय किशोर ने इधर-उधर देखकर कोयले के टुकड़े से फाटक पर एक अश्लील वाक्य लिख दिया...!!

एक दशक बाद, रात-भर बेला गुप्त वगैरह के दस्तावेज पढ़ते समय अनेक पात्र-पात्रियों के बीच रहा। सुबह लगा, सारी रात स्नेह-सरिता में नहाकर मन शान्त हो गया है।

सुबह तैयार होकर सबसे पहले गणपतसिंह लेन की ओर गया। 'खगड़ा-मंजिल' के एक हिस्से में रेलवे का सिटी बुकिंग ऑफिस खुल गया है। दूसरे हिस्से में, दुकानें चल रही हैं। वर्किंग- विमेन्स होस्टल का कहीं नाम-निशान तक नहीं।

गली के बुजुर्ग करीम भाई अब भी हैं, सन की तरह सफेद हो गई है उनकी दाढ़ी। रामगुलाम शाह हलुवाई जीवित है। सभी लड़के जवान होकर, शादी-ब्याह करने के बाद बाप को छोड़कर अलग हो गए हैं। गठिया के कारण चल-फिर नहीं सकता। होस्टल के बारे

में पूछने पर, मुँदी हुई आँखों को फाड़ते हुए वह बोला—"आपको कोई 'सपनौती' हुआ है ? अरे, उस चिड़ियाखाना को बन्द हुए तो एक युग हो गया है।"

मैं फिर बेला गुप्त से मिलने नहीं गया। साहस नहीं बटोर पाया हूँ अब तक। हाँ, इतना लिखकर बता देना आवश्यक समझता हूँ कि मेरे उपन्यास को बेला गुप्त वगैरह ने असफल नहीं बनाया। उसकी सफलता अथवा असफलता की सारी जिम्मेदारी मेरी है। और, अपने अनुभव के आधार पर कह सकता हूँ कि कुछ ऐसे चरित्र होते हैं जो प्राण-प्रतिष्ठा पाते ही अपने सिरजनहार के बँधे-बँधाये नियम-कानून, नीति अथवा 'फार्मूले' को तोड़कर बाहर निकल आते हैं और अपने जीवन को अपने मन के मुताबिक गढ़ने लगते हैं। उनके अन्दर जिन्दगी को बार-बार तोड़कर गढ़ने के लिए अगाध स्नेह की संजीवनी धारा सदैव बहती रहती है—पुण्या...पवित्रा...पुण्यमयी...पापहरा धारा...!!